跳躍的音符

郭心雲散文集

郭心雲 著

自序

我喜歡旅行，因為每到一個陌生的地方，與熟習的生活環境有了距離，心情比較能沉澱下來，可以回顧以往的得與失，是省思最好的時刻。

童年時家住鄉下，常和玩伴上附近的小山崗採野果、掏鳥窩，到小河裏摸蜆、割水草，在野地裏踩泉水玩，無拘無束的生活，養成我喜愛大自然的個性。

學生時代在台中，偶爾和同學數人，坐客運車到鄰近的鹿港、彰化或南投、草屯作竟日之遊外，便是騎單車遠征霧峰、車籠埔一帶去踏青。

婚後則忙於工作、料理家務和照顧孩子，雖然，全台大致已走過，但，很想瞧瞧外面廣大的世界，然而，在六、七十年代出國旅遊，對一般人來說只是個夢想。沒想到，後來，開放觀光、兩岸探親，才有機會出國圓夢。

二十多年來去過近四十個國家，我曾走過中國東北的白山黑水、西北的大漠荒煙、青海的草原、江南美麗的水鄉。我也曾到過北極圈內的格陵蘭，對愛斯基摩人面對惡劣生存環境的堅忍勇敢，留下深刻印象；也見識埃及古文明的源遠流長及金子塔的偉大；品味歐洲各國精緻藝術文化的美好；沉醉於地中海神話傳說的浪漫……，而貧窮落後的高棉、爪哇，竟也有吳哥窟、婆羅浮屠等世界遺產呢！

不管旅行到那裡，我總習慣隨手記下一些生動有趣的事和感觸，這些零零星星的篇章，都是不可磨滅的美好記憶。或許這些年來走過不少地方，便想回頭舊地重遊再看看自己的鄉邦，尤其是走過烽火歲月的外島。

前年到馬祖，那工程困難艱鉅的坑道，易守難攻的據點，樸實無華的漁村聚落和島嶼，處處引人入勝。特別喜歡背山面海的芹壁村，三、五好友坐在民宿前的廣場悠閒地喝咖啡，一邊欣賞一顆印型的方正石屋、彎彎曲曲的石階巷道、蔚藍海水中的亮島，一邊和友人聊着戰地種種傳奇故事，那情景與心境，類似地中海浪漫情懷呀！

去年全家到墾丁過春節，碧海藍天，美麗的沙灘，花開燦爛，樹影婆娑，感覺好過海外的渡假勝地呢！

《跳躍的音符——郭心雲散文集》是我的第十五本書。散文分為卷一「生活篇章」和卷二「旅痕紀事」，由於喜愛旅遊，因此，除了掇拾生活片斷的感動外，旅途中的見聞與省思也佔了不少篇幅，希望與讀者共享之。

郭心雲寫於二〇一三年春

女作家參觀鶯歌陶瓷博物館，文友小憩。左起：六月、余金鳳、郭心雲（作者）、陳若曦、余玉英。

文友小聚，前排左起：鮑曉暉、畢璞、席裕珍、唐潤鈿。後排左起：丘秀芷、趙淑敏、郭心雲（作者）。

跳躍的音符——郭心雲散文集

卷二　旅痕紀事

卷一　生活篇章

迷路的鷺鷥

我家附近有座小公園，綠草如茵，花木扶疏，尤其池畔的柳樹依依，憑添幾許詩情畫意。然而，美中不足的是池塘裡除了幾塊石頭疊成的假山，和一小股噴泉外，別無一物。

日常沿著公園裡惟一的小路，或跑步，或散步，是人們最愛的運動。我喜歡走路看風景，目光掃過畫面略嫌單調的池塘，心中不禁想：若是栽些荷花、睡蓮多美啊！走了一圈又一圈，耳裡充塞著吵雜的人聲、腳踏車聲，要不，就是麻雀的嘰嘰喳喳，幾乎沒有聽到其他鳥類悅耳的鳴唱。其實，這樣的社區公園，無疑是人口稠密的大都市中的一片肺葉，自有清滌汙濁空氣的作用，我還能奢求甚麼呢？

有個飄著細雨的黃昏，我一如往常般打著傘到公園散步，下雨天人並不多，反而有一份難得的清靜。走了半個小時，正準備回家的當兒，驀然眼前一亮，一隻白鷺打我頭頂掠過，跌跌撞撞的飛落池中的假山，只見它時而撲拍翅膀，時而繞池亂飛，一付驚慌失措的樣子，立刻吸引人們的注意，池塘邊一下子圍攏許多人，大家七嘴八舌地嚷著：「快來看，白鷺鷥耶！」

「奇怪，那兒飛來的？」

「哈哈，說不定是天外飛來的呢！」

一位牙牙學語的小娃娃，伸著手指頭，指呀指，興奮地大叫：「雞雞雞……」

「是鴨子。」另一稍大的幼童搶著說。

「都不是，」年輕的媽媽，逮住機會實地課子：「那是鳥，叫白、鷺、鷥。」

所謂「漠漠水田飛白鷺」，白鷺鷥是台灣鄉間最常見的鳥，在台北市區確是稀客，難怪幼童會錯認。環顧公園外面，公寓大廈林立，機、汽車川流不息，不要說是稻田，便是竹林也沒一叢呀！

莫非這鳥迷了路？

兩個頑童在地上撿拾幾粒小石子扔向池塘裡，白鷺嚇得嘎嘎叫。

「住手！好不容易飛來一隻大鳥，幹嘛要驚嚇它？」

頑童看到大人干涉，才訕訕的放下手中的石子。

這隻白鷺就在人們有心的護持下，由驚懼不安轉趨平靜，而悠然覓食。我不知它白天是否離開過，不過，每到黃昏它必然出現在假山附近。

數日後，它竟引來一隻同伴，我驚喜之餘，不免推測，也許因為此地吃有魚蝦，住有林，還有許多關愛的眼神，所以它想在這兒「安家落戶」了。

池塘雖無荷花可觀賞，但有白鷺徜徉，畫面變的美麗而生動。於是，阿公阿婆喜歡面池而坐，談天說地；情侶喜歡到池邊漫步，情話綿綿；小孩子喜歡追隨白鷺的身影，指指點點。

可惜，好景不常！

有一天那對白鷺突然失去了蹤影，人們議論紛紛，有的說它南飛過冬去了，有的懷疑生態環境被破壞不適宜鳥類生存，有的認為它另外找到棲息地。而我，寧願相信它又迷了路，終有一天會回來的。

兒女心

之一

今春到美國兒子家，當天晚餐後正想打開電視看晚間新聞，兒子說：「媽，別看了，我把線路拆了。」

「為什麼？」我和外子同時瞪大眼睛。

「因為電視節目充斥色情、暴力，對孩童人格發展有負面影響，所以我們平常不看電視，周末才去租對身心有益的錄影帶給孩子看。」兒子又說：「我已經給爸媽訂了世界日報。」

外子臉拉得長長的，嘴裡沒說什麼，我知道他心裏一定不以為然。我嘛，在台灣每晚固定看電視新聞、連續劇、談話性節目，突然都沒得看，生活中好像少了點什麼似的，有些不習慣。

媳婦解釋，家中三個孩子還小，不常看電視後，比較愛看書、畫畫和運動，她擔心五花八門的電視節目孩子不會篩選，電視上任何角色可能成為孩子的學習對象，電視無形而強大的感染力，甚至遠超過父母、師長對孩子的影響。

聽了媳婦的話，我才正視電視的殺傷力。常見沉迷於電視的學童，荒廢功課，視力減退，與家人互動有障礙，尤其是正在成長的青少年，看多了殘暴殺戮的鏡頭，動不動就和人起衝突，輕者影響校園安寧，重者引起社會治安問題。因此，不看電視或少看（篩選），端視為人父母的智慧，這雖是一件小事，卻可能變成大事呢！

之二

傍晚坐在起居室，我一邊摺疊由烘乾機拿出來的衣服，一邊和家人有一搭沒一搭的閒聊。偶爾瞄瞄窗外，夕陽餘暉斜照在前院那兩棵枝幹粗壯的桑樹上，滿樹綠油油的葉子塗染了一層淡淡的金色，煞是好看！不過，我還是喜歡深秋桑葉變黃，因為，黃葉舞秋風，更充滿了詩情畫意。腦中正想著那美麗的畫面，忽瞥見手中一件洗得灰不灰白不白領邊已破裂的內衣，忍不住皺起眉頭對兒子說：「你的內衣破成這個樣子怎麼還在穿？」

「破一點兒有什麼關係？反正穿在裏面沒人看見。」他抬頭望我笑了笑又低頭看報。

「又不是沒衣服穿…」我不以為然的嘀咕著。

「不是啦，」媳婦悄悄告訴我：「媽，您買的衣服他都省著穿，穿破了也捨不得丟棄呢！」

我不禁想起兒子那年出國留學，行囊裏除了裝必備的物品外，還有我特地為他買的內衣、褲各一打，作為換洗之用。沒想到兒子穿成習慣，從此，我到美國必事先採購他的內衣褲，即使成家立業之後，依然如此。有時候，我不免想兒子在國外多年，婚後應該是媳婦替他買貼身衣物才對，為何依舊喜歡我購自台灣的呢？

直到今年入冬整理被褥，方憶起兒子童年所使用的一條被子，這條質地輕柔淡藍小花的被子，他從國小用到大學畢業，破了也不肯更新，我只好縫縫補補，其間換過數次被套，最後趁他去服兵役的當兒，悄悄把它丟棄。

我以為兒子沒瞧見就會淡忘，那知道，他放省親假回家，當晚就寢前翻箱倒篋的找這條被子，我只得跟他說實話。他呆了半晌幽幽地說：「媽，我小的時候最喜歡蓋這條被子，枕著您的手臂聽您講故事，還記得不？」

我錯愕了一下，點點頭。終於明白兒子不捨的豈僅是一條由年幼到長大所蓋的被子，而是這條被子依稀有童年時母子相依而眠安全溫馨的影子啊！而今，他離家日久，或許穿著我在台灣為他添置的貼身衣物，是他對父母、鄉土的一種眷戀吧！

之三

每遇到不如意的事，想跟母親傾訴，便不經意的拿起電話話筒撥打電話，當我按下號碼的那一霎那，猛地想起母親早已不在人間了。我黯然放下話筒，用右手撫摸左手小指上的尾戒，還有纏在頸子的方格長圍巾，睹物思人，悵然久久！

記得母親在世時，每回我要出國旅遊或赴美探望兒子，總先回娘家看她老人家，安然無恙，我才能安心出遠門。那年赴美前，我又去看母親，當時房裏只有我倆，母親由貼身口袋掏出一包首飾打開來說：「我今年八十多歲了，體弱多病，說不定那天說走就走，妳先拿件金飾留作記念吧！」

「阿母，好好的，您幹嘛毫不忌諱說那些不吉利的話？」

「沒什麼好忌諱的，」母親把那包首飾推到我面前說：「妳拿我歡喜，不拿我會難過。」為了讓她老人家高興，我選了一只她曾戴過的尾戒。

果真，世事難料，過不多久母親因感冒引發肺衰竭，而病逝。我提前回國奔喪，我們依習俗焚燒母親生前的衣物給她時，我留下那條紅格子長圍巾。我一直珍藏著尾戒，偶爾也拿出來戴戴；寒冷的冬天，頸上圍著母親曾經使用過的圍巾，感到特別溫暖，因此我喜歡戴它外出。

有一次，外子和我一起搭公車到城中區逛街購物，逛到中午肚子餓了，便拎著大包小包到附近的桃源街去吃牛肉麵。剛吃兩口麵，忽覺脖子冷，忙問外子：

「我的圍巾是不是在你那裡？」

「沒有呀！」外子抬頭看我一眼說。

我翻遍所有的袋子都無蹤影，也想不起圍巾遺忘在那家商店，我無心繼續用餐，外子說：「不過是一條圍巾，掉了就算了嘛！」

「不，那是我母親的遺物，你吃完麵先回家，我去找。」說完匆匆走出麵店。

我一路走一路想方才走過那條街，穿過那條巷弄，在那家商店停留，就這樣一家家問去。有的店員熱心的幫忙在店裏四處看看，有的冷漠的搖搖頭，眼看快問遍所有去過的店家，還沒找著，心中又焦急又懊惱。走到沅陵街口，突然想起我曾在一家服裝店試穿衣服，連忙進去一問，果然，圍巾還擱在櫃子上。謝過老闆，我緊緊把圍巾抱在懷裡，那失而復得的喜悅感，讓我深深領悟到那是一種對母親永遠的眷戀！

吃情

之一

年輕時，每次回娘家我都得拖兒帶女，由台中搭客運車，行駛兩個半鐘頭顛簸的山路，抵達埔里(那時中埔公路尚未鋪設柏油)，在娘家盤桓數日。這期間，母親除了料理豐盛的菜餚給我們解解饞外，還忙著準備一些像糯米腸、桂圓米糕或紅龜粿之類的拿手糕點，讓我大包小包拎回台中當伴手禮，一部份送左鄰右舍，其餘的全家可以吃上好幾天呢！日常，母親喜歡醃製醬瓜、醬筍、菜乾……，所以，我家一年四季有吃不完的鄉土風味菜。

我不懂母親為什麼不買些現成的吃食，而要辛苦的忙進忙出，雖然，她笑呵呵地忙得很開心，但，我還是希望她輕輕鬆鬆的坐下來閒話家常。

多年以後，我的兒女也長大成人，並且各自成家立業了。不管近在咫尺的大兒或遠在他鄉的么兒，每次回來，我總喜歡做些兒孫們愛吃的食物，讓他們又吃又帶。我漸漸發覺自己不知不覺，也承襲了當年母親的作風，更體會到那是母愛的延長，是藉由吃「媽媽的口味」來傳遞愛的訊息。

之二

張媽媽是我軍校訓練班同學詒端的姑媽。記得初次隨詒端到張媽媽家玩，她給我的印象是人長得瘦小，嗓門卻很大，她親切的張羅茶水，關心我們結業後工作的情形。聊了好一會兒，我看天色不早正要告辭，張媽媽笑瞇瞇的說：「別急，我給妳們煮碗麵，吃了再走！」說著起身進廚房燒水、和麵，桿麵條……。

我不好拂逆主人的熱情挽留，只好和詒端留下來。不久，熱騰騰的「三鮮麵」就上桌了；手桿的麵條，有小麥原始的麥香，薄薄的瘦肉、豬腰子、花枝片，滑嫩鮮美，配上青翠的小白菜，叫人一吃難忘！

許是投緣吧，從此張媽媽做了什麼好吃的，總不忘叫詒端捎來口信，要我過去打牙祭。去了幾次，我才知道張媽媽十分好客，因為並非只有我是座上客，還有張伯伯的門生故舊。試想，在軍公教待遇菲薄的五十年代，一個平凡的家庭主婦，有這樣的豪爽與胸襟，畢竟不多見呀！

不知是有意的安排還是無意的相遇，我和外子就在她家認識，繼而相戀，結婚時，她是現成的介紹人。婚後，孩子一個接著一個來報到，我在家庭與辦公室之間忙得團團轉，後來舉家又搬到台北，距離較遠，相見的機會更少了。

日子像流水般的過去，一晃數十年。張伯伯老年病痛纏身，我和外子特地去探望過他；張伯伯離開人間之後，張媽媽的身體也日漸衰弱。我得到消息獨自去看她，那天我走出電梯，看到張媽媽滿頭白髮，骨瘦如柴，虛弱的站立門前，她幽幽地說：「雲娥，妳來了屋裏坐！」

「張媽媽您好…」我心裡難過卻不敢表露出來。

扶張媽媽進門坐到沙發椅上，我去倒了兩杯水遞一杯給她，然後靜靜的陪她說話。她談起她那六個各有成就的子女，心中有欣慰也有牽掛；她還喜歡回憶從前，談一些老朋友的近況。直到日頭偏西，她女兒下班回來，我才起身告辭，她堅持送我到電梯前，嘴裏咕噥著：「我好想煮碗麵給妳吃，我好想煮碗麵給妳吃…」張媽媽病弱枯槁的臉上，寫著有心無力的遺憾，使我紅了眼眶，我緊緊擁抱她一下，便轉身揮揮手：「張媽媽好好保重，再見！」電梯門一關上，我的眼淚不禁奪眶而出。

如今，張媽媽也去世了，偶爾想起她，耳邊彷彿聽到「我好想煮碗麵給妳吃」這句話，我心裡仍然能感受到那份深深的情意！

之三

趙老太抓起最後一把芥菜芽，稍稍揉軟、切細、滲入鹽、辣椒、分別裝進大小不一的玻璃瓶內，這些事做完，太陽也下山了。她扶著桌沿由小板凳站起來，伸直僵硬的手腳，捶打幾下發痠得腰背，再把瓶裝的醃菜，一一搖勻，這才滿意的放回架上。

前天，兒子、女兒兩家人一塊兒到高雄，她忙著張羅吃喝、尤其是那一大捆芥菜芽，要洗淨晾乾、才能做醃菜，這是準備給他們帶回台北的，雖然忙一點，可是只要孩子愛吃，她就樂此不疲，忙得很起勁。兒子是自己一手帶大，吃慣她做的醃菜、香腸和臘肉，可沒料到女婿比女兒還捧場，竟然和兒子口味相投，想到這一點，趙老太就打心裏喜歡上女婿了。

瓦斯爐上燉著牛肉、濃香溢滿室內，孫兒孫女聞到肉香直嚷著肚子餓，媳婦自認菜做得不好，只管煮飯，菜則擱在一旁；女兒的手藝雖得自母親的真傳，這會兒斜靠在沙發上，懶洋洋地說：「媽，您歇著吧，菜我來炒！」說歸說，兩眼仍緊盯著電視，光說不練。

趙老太啜口茶，只好打起精神又進廚房，她一邊做菜一邊教媳婦，魚要畫幾刀才炸得透，芹菜不宜切太長……她知道媳婦聽得不耐煩，但她每次總是忍不住要嘮叨幾句。

廚房面積小，趙老太人肥胖，往廚房一站，迴旋的空間有限，媳婦趁機溜到客廳去，姑嫂倆乾脆看電視、聊天。一個壓低嗓音說：「我媽媽真是的，每次我們回來，都要把自己搞得這麼累！」

一個不以為然的道：「不做醃菜，也不至於這麼忙，勸她不要做，要吃買一點，她偏又不聽……」。

「唉！說什麼兒子、女婿愛吃啦，其實，天曉得，帶回去的醃菜沒人吃，放在冰箱三、兩個月，最後還不是丟掉。」

「妳還放冰箱浪費電，我嘛，一回到台北，順手往門口的垃圾桶一扔了事。」

「那未免太那個……我哥沒說什麼嗎？」

「起初有點不高興，後來也怕吃太鹹會得高血壓，便不吭氣了。」

「最傷腦筋的是，要媽少放鹽，可是，她老人家幾十年的老習慣改也改不了！」

「奇怪的是家裡這兩個大男人，明明不吃太鹹的食物，為什麼偏偏在媽媽面前表現得那麼有興趣？」

廚房傳來趙老太的吆喝聲：「菜炒好了，大家準備吃飯囉！」姑嫂連忙收住話題，幫忙端菜，擺碗筷，孫兒孫女扶著爺爺走出房間，兒子、女婿也擦好車子上樓來了。

燈光下，滿桌豐盛的菜餚散發出誘人的色香。趙老太興沖沖的端上一碟醃菜：「來，這是新開封的，大家來嘗一嘗！」

稍一沾唇，這個孫女叫鹹、那個孫女喊辣，老爺爺習慣不表意見，女兒、媳婦勉強嚐了一口，趙老太看著看著，臉上的笑容凝住了，混身的勁兒也不見了，一屁股跌坐在椅子上，自嘲的咧咧嘴：「嘿！白白辛苦一場！」

兒子、女婿互望一眼，頂有默契的連夾幾筷子醃菜，放到嘴邊嚼得嘖嘖有聲，同時異口同聲的稱讚：「過癮過癮！」喝口湯，扒口飯，又說：「媽，您親手做的『私房菜』，又好吃又下飯，外面可吃不到哩！」

看到兒子、女婿那一副嘴饞的樣兒，趙老太立刻轉嗔為喜，高興地笑了。

她想，明天多包兩瓶醃菜，讓兒子、女婿帶回台北慢慢享用。她心下又盤算著，下次兒女回來，要製香腸、還是醃臘肉？

山中二老

生活在八十年代，如果在鬧市看到一位邁著細碎的步子，顫巍巍橫越馬路的老太太，定然引人注目。或許經過一番仔細的觀察，始恍然大悟：「啊，原來是小腳放大！」

我家附近的山上，常看見兩位有著同樣小腳的老太太，在朝露未乾的清晨，一前一後的上山去運動。

最早認識的是肌膚白皙、個兒小巧的莫嬤嬤，莫嬤嬤有一頭稀少花白的短髮，眉目依然秀麗，猶存幾許年輕時的風韻，喜穿色澤鮮艷的衫褲，望之如五十多歲的人，不過看她走路的模樣，我又揣測她該已年近八旬了。

有一次莫嬤嬤要我猜她的年齡，我直爽的告訴她我的想法，她訝然問道：「妳怎麼知道我的歲數？」

「因為妳有一雙放大的小腳。」我指指她那小女孩般的腳。

莫嬤嬤愣了一下，接著爽朗地哈哈一笑，便和我談起她纏足的經過：「小時候家住南京，民國剛成立，一般家庭仍相當保守。約莫六歲左右，家裡的姨娘就開始給我纏足，每天晚上洗完腳，讓我坐在床沿，她托著我的腳坐在床前矮凳上，把後四根的腳指往腳底心彎曲，然後邊用長長的白布條一層一層的纏緊，邊對我說，什麼纏足的女孩腳小才是美，大腳的姑娘嫁不掉，也不管我疼痛哭鬧，非要把我的腳裹成兩只尖尖小小的『肉粽』才肯罷休。因此，睡到半夜往往熱痛難過，起來偷偷的把裹腳布解開，若被姨娘發現，就又哄又罵的重新纏上，就這樣解解裹裹的，稚嫩的雙足多少還是受到了摧殘，幸好沒多久全國禁止纏足，然而，變形的足骨已很難恢復原來的樣子了！」

莫嬤嬤幹了一輩子公務員，聽說年輕時丈夫另有所愛，很早便離她而去，她獨力撫育兒子成年。退休後，獨居自炊，時以參觀畫展、聽演講、或旅遊為樂，並常和一些年輕的太太們唱唱跳跳。有天我路過山上的小亭，又看到她們在唱歌，莫嬤嬤一把抓住我：「小郭，妳會不會唱『蘇武牧羊』？」

「會是會啦，可是歌詞記不全。」我不由停下來。

「怎麼妳也記不全呢？」她失望的叫起來。

「別急別急，我明早抄來給您。」

「謝謝啦！」說完，她又興高采烈的唱歌去了。

有一段日子莫嬤嬤出國去看兒子，少了她的笑聲，山上彷彿寂寞多了。再看見她，感覺她變的年輕，可是一時又說不上那裡變了，我不覺多瞧她兩眼，她在我面前打個轉：「小郭，妳看我怎麼樣？」

依舊是小號的運動鞋，依舊是細碎搖晃的步子。

「什麼，怎麼樣？」我瞪著她。

「唉唷唷！瞧你平常滿細心的，怎麼這會兒有看沒有到呀？」她指著腦袋說：「別老盯著我的腳，看看我的頭髮嘛！」

哦！原來莫嬤嬤戴了頂假髮，我忙不迭的說：「好看，好看！」

「哈哈……」她開心的縱聲大笑。

＊　＊　＊

大娘是我在山上新認識的朋友，她有一頭灰白直直的短髮，一成不變的用髮箍往腦後箍住，牙齒疏疏落落，講起話來有點漏風，老穿淺色的格子襯衫，為人熱心、豪爽又健談，頗有男兒風。別看她已七九高齡，又有一雙纏了又放的腳，穿著小小的運動鞋，顫巍巍滿山走動，體力不輸年輕人。

常見大娘這個山頭走走，那個山頭停停，到處串門子，只要一天沒看到她，山友碰面總會關心的問：「大娘來了沒？」「有沒有看到大娘？」

我們這座山以前僱了個掃山的人，由於掃的範圍太廣，掃了幾年便辭職不做了，到現在一直沒人願意幹，幸賴熱心的山友自動自發，掃山道、除雜草、種花木，整座山欣欣向榮，乾乾淨淨。

如果那天沒看到大娘的影子，那她一定又在那條山道打掃落葉，或蹲在那座山頭整理花草。若有山友要她歇著，她不服老的笑笑：「你們瞧我老了是不是？告訴你，我吃苦耐勞慣了，拿鋤頭鏟子算啥子呀！」

聽說大娘的丈夫年輕時十分放蕩，是匹拴不住的野馬，她不得不挑起養家的重擔。沒想到，她經商賺進數千萬的財富，到老來，仍是精打細算，小如市場的菜價，大至房地產的行情，她全摸的一清二楚，但卻捨不得為自己鑲口假牙，依然張著那口疏落的牙齒，漏風漏風地和人聊天談笑！

掌聲響起

書桌上一只胖嘟嘟的陶塑小豬，大耳短腿，造型樸拙而可愛，如果，我不說，您絕對想不到它出自一位智障者之手。

世上有許多不幸的人，天生智障尤其不幸！

如果一個家庭有個智障兒，那個家庭必然陷入愁雲慘霧之中，那個孩子不僅僅是家庭的負擔，也是家人心中永遠的痛。往昔，台灣經濟不發達，人們的思想保守，做法亦十分鄉愚，智障兒不是被遺棄，便是長期的禁錮在一間小屋，甚至像禽獸一樣的關在樊籠裡，過一輩子豬狗不如的悲慘生活。

每個國家都有這樣的不幸者，存在社會不被注意的角落。記得，初搬來台北那年，在我家附近的菜市，經常看到一個衣衫不整，眼光呆滯，口角流涎的大男孩，赤腳到處晃盪，每到賣吃賣穿的小攤，伸出污黑的手就拿，小販或怒罵、或追趕，往往引起一陣騷動。若是有人告到他家去，他父親掄起棍子就打，有時候也關他一段日子，再放他出來，然後，又是舊事重演。

聽說，那孩子的父親認為生了這樣一個智障兒，既無奈又很「見笑」，更不知怎樣去管教他，一有什麼不對，則施以打罵、關閉，至於送孩子到政府設立的福利機構或私人所設的啟智之類的中心，他壓根兒不知道。

十幾年來鄰居們早已見怪不怪，現在那孩子三十左右了，個兒又高又胖，可是，智力和行為依然停留在幼童時期。有回在麵包店前當街小便，弄得臭氣四溢。店裡的人吆喝不走，他父親得知，拿著一根粗大的棍子急急趕來，他一見棍子，便大聲哭賴在地上。我正好路過瞧見這一幕，才注意到他父親老了，拖不動那個智障兒。由此可見，照顧一個人，不可能一生一世，即使是親生父母也很難做到，因為，每個人總有老去的一天。

假如真到了這麼一天，那個智障兒由誰來照顧？還是任其流落街頭，像一株野草似的自生自滅？

假如那個智障兒從小就送到特殊教育機構，給予妥善的教育和訓練，說不定能夠學習到簡單的謀生技能，人助自助，活得比較有尊嚴。這樣不但可以減輕家庭的負擔，同時減少社會的問題，甚至成為有貢獻於社會的人力資源。然而，誰來幫助那些智障的孩子，幫助有智障兒的家庭呢？我想，這就有賴於政府社會福利政策的健全、宗教團體大愛無私的精神、社會大眾愛心的捐獻……。

談起社會福利，政府責無旁貸；但是，政府做了甚麼？做到什麼程度？老實說，老百姓不見得都知道，就像前面所說的那位家長一樣，或許這也是社會福利政策宣導不及之處吧！

剛過完元旦假期，我追隨宗教人士和作家們，一起到新竹縣關西鎮的天主教華光智能發展中心參觀。當我們下了車，有位一臉祥和、白髮蒼蒼的洋人等候在那兒，他操著一口流利的國語熱情的歡迎大家進入禮堂。

「他是誰？」我心裡打著問號。

中心主任吳富美女士先介紹這位洋人給大家認識：「這所智能發展中心是葉由根神父本著宗教家慈愛的胸懷，視社會的需要，成立於民國七十二年一月，專門收容智能不足者，實施特殊教育。葉神父曾經在大陸服務二十年，在台灣三十六年，早年在嘉義貧苦地區開貧民醫院，後來又……」

我突然覺得這位素昧平生的神父好高大好高大！並不是因為他外表長得高大，而是他一生幾乎全奉獻給中國貧苦百姓的偉大，大家一再鼓掌表示對葉神父的敬意，掌聲中，我深深感到身為中國人，卻甚少為殘障同胞服務的慚愧。

吳主任又以興奮的口吻告訴大家：「本中心已獲內政部核准獎助本年度增建大樓，作為行政與教育、訓練、復健、治療之處所，並提供社區居民活動場地等。」

掌聲又起，這是為政府的福利政策而鼓掌。

桌上一杯熱茶，散發出誘人的甜香，我呷了一口，味道酸酸甜甜。主任說：「這是天仁茗茶提供給我們義賣的梅子茶。」

智障兒會做買賣嗎？我懷疑。

我的懷疑隨著參觀的腳步而轉移。那些陳列在玻璃櫥內，維妙維肖陶塑的小豬、小狗、花瓶、水盂等等，應該是外面買來的吧！

「不，這些都是我們中心的孩子的作品。」葉神父掩不住那份快樂又得意的笑靨，說：

「還有椅墊、拖鞋、塑膠花也是！」

可能嗎？便是一般正常人也不見得能作出這麼多極富巧思手工藝品。驚訝之餘，我買了一隻胖嘟嘟的小豬。

辦公室的角落，有個小女孩低著頭一手翻簿子，一手蓋印章，工作簡單呆版，我們在她面前走動，她頭也不抬，專心一意的蓋章，葉神父說她學習得很好，不只會做簡單的事，還會繡花呢！

「這小女孩會繡花？」

「她看起來很矮小，實際年齡不小。」

我又看走眼了。在這裡，看似一張成熟的面孔，卻只有數歲孩童的智力，而智能稍高的，未必也長得高，所以，由外表很難判斷智障者的年齡和能力。

經過一間教室門口，有位長得很秀氣的女老師和我打招呼，她帶領著三個年紀相若的小孩正在用點心，她鼓勵其中一個孩子拿糕餅給我，那孩子手在盤中摸索半天，才決定拿起一塊洋芋片，吃力的說：「阿—姨，吃……吃……」

另外兩個可以聽到聲音，卻不會說話的孩子，茫然地望著我，教室牆壁上貼滿了孩子們畫的圖片，花花綠綠，繽紛美麗，老師的輕聲細語，循循善誘，使得這間教室變的十分明亮。

走到另一間光線稍暗的寢室，幾個大小不一的智障者，有的會掃地、收拾桌椅、自動的和人說話；有一個坐在床沿，看到人來，口齒不清的叫：「阿姨，爸爸不見了，爸爸不……」

雙層床上有個自閉症的孩子，用棉被蒙著頭睡覺，老師說這孩子不愛見人，不愛說話，很難接近，另一個稍一和人接觸，便又不聲不響，獨自蹲在牆角把手指含在嘴裡。這兩個孩子，不知什麼時候才會茅塞頓開，走出自我封閉的世界。

曾經聽過一首聖歌：野地的花，穿著美麗的衣裳，天上的鳥兒，從來不為生活忙，慈愛的天父，天天都照顧……。可不是，那些智障的孩子，不就像野地裡的小花小鳥，而可敬的老師和義工，則取代了天父的角色，照顧他們，引導他們。

生活在健康幸福中的人，實在很難想像啟智的老師和義工們，怎樣和智障者生活再一起。教育智障者比教育常人辛苦而困難，他們必須付出更多的心力和耐力，最重要的還要擁有如天主、佛陀般的慈愛關懷，不厭其煩，不怕困難，一點一滴，日積月累，才能見到成果。因為，智障者由啟智、到職訓、到就業，是一條多麼漫長而艱辛的坎坷路呀！

很想去石光和農場分部，看看他們養的豬、種的花、做的器具，可惜時間不夠。

走出華光智能發展中心，路上和幾位宗教界代表聊天，每個人都有從事慈善事業的熱情和愛心，也有一頁頁的辛酸史，挫折是難免的，可欣慰的是政府日漸重視社會福利工作。但，還是需要社會大眾永不止息的資源和幫助，尤其是為民喉舌的民意代表，希望不時的給他們一點關懷、一點愛，讓我們的社會更溫馨，更美好。

外籍勞工

前不久，電視新聞報導，合法引進若干名外籍勞工，今天又看到相同的新聞，霎時，我心裏有個疑問，我們台灣的勞工都到哪裏去了？

外籍勞工由非法居留到合法引進，自有其社會背景，政府和民間的製造業者，都有同樣的苦衷和不得不的無奈。而無可諱言的，外籍勞工良莠不齊，管理不易，怕給我們的社會帶來新的困擾。

記得四年多以前，大家樂風靡全台，其中以中、下階層的人士為最，很多工廠找不到工人，有些農地也無人耕種，攤販無心做買賣……，省府只得停止發行愛國彩券。然而，「道高一尺，魔高一丈」，代之而起的六合彩，每周開兩次獎，更是刺激，彩迷瘋狂的到處求「明牌」，一時光怪陸離的流言充斥市井。我家附近有個包商，那一陣子工人閒聊，動不動就大聲馬吼：「做什米工，一個月長洛洛的，光拿那一點薪水，有啥意思？嘿嘿，只要中一支簽注，一年就吃喝不完啦！」

當時聽了只感到震驚和惘然，我們的社會人心怎麼變了，變得令我感到好陌生好陌生！

六合彩正方興未艾，股市又颳起旋風，投機風氣更靡爛了社會各階層，幾乎演變成全民運動。影響所及，人人唯利是圖，嘴裏談的是六合彩，耳裏聽的是股市行情；許多人上館子、購物，花起錢來眉頭也不皺一下，只要一個漲停板就夠了，表面上看來，社會有著畸形的繁榮和奢侈，台灣，因而有貪婪之島的惡名。

就在這個時候，非法外籍勞工陸續由各種管道登陸，取代了本地勞工的角色。

政府有濫於這種金錢遊戲腐蝕人心，拿出種種辦法遏阻這股歪風，但是，效果不彰；學者專家又是調查又是研究，想找出病因以便對症下藥，然而，言者諄諄，聽者藐藐，於是，有識之士只好消極的寄望於金錢遊戲的自然「退燒」。

去年，果然不負所望，六合彩式微、股市慢性崩盤、房地產止漲回跌，人心漸漸冷卻，社會似乎又回復了常態。某些人雖然是這場遊戲的贏家，但，可以肯定的，輸家必然占多數。

也許有人從此洗心革面退出這種遊戲，重新去體驗自己辛勞所得的甜美果實，自然也有人經過這場「洗禮」，仍執迷不悟地做著發財夢，可見好逸惡勞，乃人之常情！

金錢遊戲「退燒」，迄今已有一段日子了，到底我們的社會是否回復常態，大多數人是否重回工作崗位，我們不得而知，只能由大眾傳播得到資訊，由人們的接觸得到些許訊息。

然而，外籍勞工為何還是有增無減？

爆竹聲中的沉思

一般人除了逢年過節、喜慶、拜拜外，甚至也要找些奇奇怪怪的理由，放串鞭炮以示慶祝。我家已有幾年未燃放鞭炮了，即使是喜慶時，一來家住公寓怕爆竹聲驚嚇了鄰家的嬰兒和老人；二來爆竹放過後，那花花綠綠的爆竹屑，我嫌污染了生活環境。

每當除夕夜家家團圓守歲，直到鐘敲十二下，新的一年來臨之際，猛然間，左鄰右舍，四面八方，爆竹聲響徹雲霄，接連到天明。爆竹聲中，人們眷念著逝去的歲月，同時也憧憬未來，欣喜地迎接新的一年開始，所以「爆竹一聲除舊歲」，也就自古相沿成習了。

過年時，小孩子的壓歲錢幾乎都是買爆竹放光了，玩得高興，放得也痛快；大人嘛，童心未泯，趁著過年也放串鞭炮，重溫兒時歡樂。說實在的，這情景原本無可厚非，但，時至今日，爆竹的種類五花八門，什麼沖天炮、摔炮、響炮、火焰炮、排炮等等不勝枚舉，這種種的爆竹隨著科技的進步，而更增加了危險性與破壞力。

試看，每年春節期間，總有數起火警是燃放爆竹惹的禍，遭殃者不是損失財物變成無家可歸，便是寶貴的性命為無情的火舌吞噬。報端更常刊登行人被飛來的爆竹炸傷的消息，有人炸傷了手腳還不打緊，如果倒霉的話，傷到眼睛從此失明，一輩子都得生活在黑暗之中那就慘了。因此過年那幾天，走在人行道上都得瞻前顧後，生怕一不留意便遭到「飛來橫禍」。

年初二那天，我走到後山踏青，見到幾個半大不小的孩子，在密林草叢裡鑽進鑽出的放炮玩。看著那吱吱響的火花，著實令人擔心「星星之火足以燎原」，昨夜雖下了場雨，但山上風大，萬一引起森林火災怎麼得了？於是趨前勸阻，不料卻招來白眼，那個胖小子瞪我一眼：「哼，放鞭炮又不犯法，我媽媽都不管，要妳多管閒事！」

經我曉以厲害，他們才悻悻地轉移陣地，到空曠的地方去放。

再說，放爆竹所造成的髒亂和污染。

年初一，只要到街道上瀏覽一番，必然發現大街小巷滿佈著爆竹屑，把年前大家整理得乾乾淨淨的環境，一夜之間便破壞了。而且由於過年不掃地的習俗，街道巷衖裡的大量垃圾，還得留待初五過後才能清理。至於燃放爆竹所產生的烟硝味，則直接汙染了空氣。最近幾年台灣好幾個地方發生過化學工廠排出廢氣傷人的事，曾經引起所在地老百姓的抗議，難道我們自己也要製造廢氣傷害自己？

有人說：過年不放爆竹，就沒有年味了。這話是不錯，放爆竹確實能增添過年的熱鬧氣氛，增加生活的情趣，然而隨著時代的進步，這種不良習俗早就該淘汰了。

想想我們居住的環境，地小人稠，都市裡大廈連雲，人們生活的空間都嫌擁擠狹窄，倘若一家放爆竹，可是萬家響呀！何況目前又面臨垃圾處理、空氣汙染的問題，解決此問題尚且來不及，何苦還要墨守成規抱著有礙進步的舊習俗不放，製造更多的髒亂與污染呢？

何處吃三餐？

近來報上最為社會大眾所關心的，是餿水油問題。食用油是家家必備，餐餐必用，人人必吃的食物，除了那年多氯聯苯毒油案外，現在又揭發了餿水浮油，說來不禁令人興起人心不古之感歎！

想到三十年前，那經常擺在住家的厝角，或附近電線杆下酸臭四溢的餿水桶，是養豬戶為收集殘餚剩飯餵豬用的。這在當年是「廢物利用」，也是貧窮落後的現象。

如今，社會繁榮，民生富裕，早就脫離貧窮落後的年代，住宅區再也見不到餿水桶了。因此，很多人都以為養豬戶早已改用飼料餵豬，從未想到那骯髒的餿水桶，依然存在外表冠冕堂皇的餐廳廚房裡。據報導，養豬戶由各處餐廳收集餿水，不法油行又向養豬戶收購餿水中的浮油，自行加熱脫臭、脫酸、漂白等作業，然後羼入正牌食油中，以較正牌油價廉的價格售給經銷商，而經銷商又以較廉的價格售給餐館、飲食攤、或直接出售給不知情而貪便宜的消費者。

剛看到這則新聞，我懷疑是否報導有錯？在我們的社會怎麼可能有如此可惡昧著良心的奸商，把人當豬仔，把豬食賣給人吃呢？然而，仔細的看那幾天的新聞報導，卻由不得人不信了。難怪多年來吃的油條總覺有股怪味，我還以為是自己神經過敏；難怪餐館或飲食攤的菜餚油水多（餿水油便宜嘛），我還奇怪掌廚的師傅用油怎麼如此大方？

另據報導，餿水油的製造及販賣，以歷十年之久，每天賣出的食用油高達五十噸。其規模龐大，從搜集養豬戶的餿水，到設廠「煉製」，到銷售，其中參與的人為數不少，然而十年來竟無一人挺身而出，予以告發，社會道德之敗壞，於此可見一般。

那班唯利是圖的參與者，彼此狼狽為奸，眼中祇見到錢、錢、錢，為了賺黑心錢，不惜把人當成豬，讓不知情的消費者不知不覺地吃下了餿水油。人生若果有來世的話，那班黑心肝的人定當變為豬仔，以報應今世賣「毒油」給人食用的惡行。

再說，我就不信那班參與者，或了解實情者會「因噎廢食」從不到餐館吃頓飯？我就不信他們的子女親友，從沒有吃過路邊攤？

十年畢竟不是短時間，社會大眾也不知嚥下了多少的餿水油啦，這油到底毒性如何？後果難料。不過，想起那年多氯聯苯的慘劇，心頭便矇上了一層陰影！

「餿水油」事件，影響所及，今年的月餅滯銷，中秋失色。消費者怕商人沒有道德，用餿水油做月餅，寧願少吃或不吃了。

「餿水油」事件，不僅使學生們對自助餐廳、小吃攤望而卻步，就是司機或勞工階級的人士，也有所顧及，使得在外工作且收入不豐的人，吃飯都感困擾。

雖說，上班上學的人可以由家裡帶便當，但，那些離鄉背井在外地工作、求學的人呢，請告訴他（她）們，該到何處去解決三餐？

另一片天空

走進慈愛殘障教養院的陶藝品展示中心，放眼四望，木架上的陶藝品堆得滿坑滿谷，每件作品泛著一層釉光，散發出樸拙的心思。

精緻是美，樸拙也是美，我沿著中間的通道仔細地觀賞，大件的甕、花瓶、盤、小件的杯、碗，成組成套，還有許多叫不出名目的物品，看得我眼花撩亂，讚賞之餘，不免有點懷疑：「這都是陶塑班學員的作品嗎？」

「是的。」陪同我們參觀的工作人員笑著點頭。

「作得真好！」我嘴巴這麼說，心裏還是不大相信，因為，上午到蛇窯參觀，曾經親手學做陶型，好像回到小時候玩黏土一樣，可是那看似簡單的一團泥巴，捏塑起來可不那麼聽話，真正要完成一件作品，尤其是自己滿意的並不容易，何況是那些有智障的學員呢！

心中的疑惑，就在我轉到陶塑班教室方有了答案。教室裏兩條又長又寬的木板桌，坐了四排學員，個子高大者有的臉上已留下歲月的痕跡，有的長得矮小瘦弱，他們的眼神有些呆滯，話不多，嘻嘻地笑著，一派憨厚純真。室內很安靜，學員的年齡儘管參差不齊，卻都很認真地學習，幾個年紀較大的學員懂得用轉盤拉坯，也會模仿他人。

其中有兩個學員，面前桌上各有一隻未完成的花瓶，一位用雙大手搓揉出小湯圓般大小的泥團，再一個個小心翼翼，排列整齊的堆疊在花瓶上做裝飾，另一位也有樣學樣，做出來的作品，維妙維肖，可見他們學習的能力決不輸給任何正常人。

年紀較小的學員看到參觀的人，便指著尚未完成的作品，希望博得幾句讚美，也有害羞畏怯、一語不發者，這都需要指導老師和工作人員發揮極大的愛心和耐心，循循善誘，才有現在的成果。

隔壁教室的學員，有男有女，他們做的是小五金代工，瞧他們聚精會神的穿小鐵環、繫帶子的動作，雖不很俐落，但一板一眼，很少出錯。

登上屋頂平台參觀水耕蔬菜栽培，滿園嫩綠色的小白菜，壯碩肥美，春風拂過，掀起陣陣綠浪，煞是好看，據說，這是學員所種，足夠全院的食用。突然飄來幽幽的花香，原來還有一座蘭花育苗室，由於時間的關係未及進去參觀，只看到兩個男學員，正用掃帚把水泥地上曬乾的蛇木掃進袋子裏，以備培育蘭花之用。這裏學習、工作的情形，一切都表現得井井有條，令人深深佩服和感動。

平常一般人由傳播媒體而得知政府各種大的重要建設，卻還有許多不為人知的德政，像這所位於彰化市大埔路的慈愛殘障教養院，早在七十三年就接受內政部職業訓練局，委託辦理殘障技能訓練陶塑班，並獲撥款獎助。

後來又設立智障實習商店、辦理小五金加工、簡速餐飲等等。藉職業技能訓練，給予殘障者另一片天空，有機會去體驗一個充滿溫馨關愛的生活，在鼓勵和啟示下皆能奮發向上，自立自強成為有用的人，同時減輕、幫助其家庭的負擔，使我們的社會更美好。

小女子的心聲

日前，提著菜籃走下樓，剛轉上小街，就看到前面圍著一堆人，小街是上市場必經之路，因此，人越來越多，上前一看，原來是警察取締流動攤販。

有位開小貨車，停靠路旁賣水果的流動攤販，走避不及，警察依規定開罰單，那位攤販不服氣，特邀來兩位同伴，要求警察「手下留情」。後來看警察不為所動，便語帶嘲諷，挑釁的說：「要罰款，免談啦，人肉鹹鹹，愛呷來拿去就是！」

「你要無賴也沒用。」

就這樣，你一言我一語，場面漸漸起衝突。也許最近台灣南北一連發生數起殺警的案子，使得那位單身執行任務警察，遇到頑劣之徒，不能不往壞的方面想，忙以無線電搬援兵。這一舉動，更激怒那位流動攤販，氣沖沖的質問：「×你娘，你招來人手作啥？打架嗎？」

說著便和那兩位同伴，摩拳擦掌的走近前去。圍觀的人眾，年紀大的在旁勸說：「散去啦，不可動手呀！」

也有一、二位好事之徒，在一邊煽風點火：「修理他，修理他……」

旁觀的婦女竊竊私語，暗中替那位警察捏把冷汗，所幸，一會兒工夫就來了三位支援的警察，其中一個肩上還掛著長槍，站立一旁戒備。本以為這樣的場面，應該很快的鳴金收兵，那知道，那位攤販和同伴，見到圍觀的人更多，他有恃無恐的數說警察不該這樣，不該那樣的欺壓百姓。這種舉動不啻火上加油，於是，公事公辦，除了原先開的罰單外，另處以妨害公務罪。

小女子因有事待辦，未等那一場紛爭結束，便先離開了。

事後，市場、馬路、攤販的問題，老是在腦際纏繞。住在這裏十年了，早已見慣警察騎著機車，在早上攤販最多最熱鬧的時刻到此巡邏。路邊攤販見到，忙喳呼：「管區的來了，管區的來了！」

這種現象，由來已久，早成為市井流動攤販謀生的方式之一。攤販多的地方，街道又髒又亂，交通阻塞，車輛寸步難行，同時也影響到市場、商店合法的營業。

警察和攤販玩了這麼多年「捉迷藏」的遊戲，說實在的，以前只要聽說：管區的來了。流動攤販連忙走避，有攤位的忙把佔據人行道的菜、魚什麼的，往騎樓裏面挪一挪，不敢稍越「雷池一步」，附近混字輩的人物，也立刻消聲匿跡，街道上，人車秩序井然，一片祥和。隨著社會環境的改變，如今，流動攤販看到警察，有的固然走避，有的走避不及，遭警取締開罰單，那就有得爭執糾纏，甚至辱罵拉扯。最近政府鑑於交通問題有越來越嚴重的趨勢，決心整頓流動攤販，警察和攤販的衝突更是時有所聞。

這兩年，警界也發生過幾件不肖員警，為了錢財和匪徒掛鈎，幹下殺人越貨的勾當，震驚全省，影響警譽，使得人民保母的形象深深受損。

以往一般善良的百姓，每遇宵小強徒，以及解決不了的糾紛，打心眼裏第一個念頭，便是找警察；單身獨行的婦女，一旦遇險，本能的反應，也是找警察保護。

曾幾何時，幾粒老鼠屎，攪壞了一鍋粥。那披著代表威嚴、正義警衣的保護色的「狼」，誰又能知道他隱藏在那個莊嚴的角落？

小女子不免憂心忡忡，內心茫然而又無奈的想吶喊：「警察也有壞的，叫我們相信誰好呢？」

警察和民眾的接觸最多也最廣，可以說是政府和百姓的橋梁，警民之間互相猜忌，實非民主法治社會之福啊！

自解嚴後，為環保，為任何理由，群眾動不動就走上街頭，遊行示威抗議，這是民主國家常見的事。遺憾的是，街頭活動往往失控，所經之處，行人無辜被打，汽車被砸，商店也被波及，街上滿目瘡痍，而警察的取締，輕重很難拿捏得準，輕了，警察挨打，重則變成警察施暴於民，由是，政府的公權力面臨嚴重的考驗。幸好，大家漸漸有了共識，現在街頭活動減少，暴戾之氣也少見了。

自政府開放大陸探親，海峽兩岸民間交流頻繁，後遺症也接踵而至，其中影響最深最嚴重的是槍械走私。台灣在短短的二、三年中，治安急遽的敗壞，雖說遠因和近因很多，但，黑道猖狂，不能不說是拜黑星手槍之賜。希望政府亡羊補牢，猶未晚也。

曾聽到幾個菜販圍在一起聊天，一個指著手上的報紙說：「你們看，立法院又演全武行！」

另一個理直氣壯的拍拍報紙：「民主時代，樣樣自由嘛，立法委員都可以跳上議事桌，摔茶杯、扯斷麥克風、亂打亂罵；國代也在總統請客的場合掀桌子，我們老百姓，有樣學樣，佔馬路做生意，偶爾罵罵警察，逞逞威風，有啥大不了的？」

想不到立委、民代那些公眾人物，透過報紙、螢光幕，經常給選民上民主法治的一課，竟是如此得不堪！

試想，一個只要民主自由，卻無法治精神的國家，會是什麼樣子？

依小女子的看法，民主法治的推動，端賴重建政府的威信，重伸政府的公權力，或能直接而有效的維護社會的治安。

石頭的玄機

我們也許曾經在不同的季節，看到有那麼幾個人，冬天冒著嚴寒，夏天頂著烈日，在人車頻繁的公路上，在遼闊的海邊，在巍峨的山巔辛苦地工作。他們搬運著附有三角架的儀器，有的用望遠鏡觀測，有的用尺丈量，有的拿筆在寫。知道的人，或許會由衷的打聲招呼：「哇，你們好辛苦！」不知道者，頂多好奇的探探頭，拋下一句：「你們在做啥？」

喜愛登山的朋友，往往無視於山路崎嶇，不辭跋涉之苦，攀登到山頂，找到一塊四方形的石柱，縱目山腳下滾滾的塵煙，雀躍歡呼，大有「登泰山而小天下」的豪氣。登頂者，常得意而不自覺的踢一踢那塊代表最高點的石柱，把它當矮凳子，大家輪流坐下來休息，或腳踏著它，來一張留影紀念。

朋友，你知道那方石柱是做什麼用的嗎?它就是所謂的「三角點標石」。

地面上的三角點，就像天上的北極星，不但可以指出你的方向，還可以用來測定你的位置。

一個國家在國防軍事、經濟建設、地籍整理、土地劃分上，都要用到地圖。測繪這些地圖，必須根據三角點，所以三角點是測量用的基準。

三角點分一、二、三、四等，一等三角點精密度最高，測量的方法最繁複，所用的儀器最好，點與點之間的距離最遠，有的遠達數十公里。一等三角點通常設在高山上，測量人員要背著笨重的行囊，攜帶著各種精密的器材，跋山涉水，披荊斬棘，攀登到幾千公尺的高山頂上工作。高山氣候變化莫測，有時，天氣晴朗，工作十分的順利；有時，白天雲霧瀰漫，不利作業，只好利用夜晚雲開霧散時打燈光觀測；如果遇到天候不好，連續等一個星期，甚至一個月，補給品用罄，被迫下山，無功而返，也是常有的事。

平地因為有很多高樓大廈，視線受到阻礙，有的三角點就設在建築物的頂上，這便不能埋下標石，只用一個銅牌代替。如果沒有高大的建築物可利用，而又非埋設在地上不可時，則必須建造很高的標架才能觀測。

三角點的標誌，是一個約十五公分見方的花崗石柱，高約六十公分，大部分埋在地下，僅露出地面十餘公分，頂端刻有十字線，十字中心代表三角點正確位置，四周刻有等級、編號、測量機關、埋設年月等。每一個三角點從選點、造標、埋石、觀測到計算，要花相當大的人力和物力。

台灣的三角點，過去是日據時代所測，日本人上山測量時曾徵用大批民伕，逢山開路，遇水架橋，搬運器材和應用物品，所測設之三角點，設為軍用設施，地方政府必須盡力保護，因此，一般人民不敢隨意的破壞。

民國六十四年，內政部辦理台灣地區土地測量時，先把過去所測的三角點加以檢測，然而很多高山上的點，出於時日久遠，人跡罕至，草木森森，找不到位置，還是請過去被日本人所徵用的老山胞帶路，才找到以前所埋設的石頭。

近年來由於社會安定，經濟繁榮，各項建設工程蓬勃，很多埋設的三角點標石，卻被損毀了，其中尤以平地為甚。有的人常識不夠，他在蓋房子或在山上開墾時，看到三角點標石妨礙他的工作，便將它挖起來，移到旁邊照樣埋好，在他認為只不過是搬動一下而已，並未破壞，石頭還在那裏。可是，這一下可害苦了以後用三角點的人，根據移動了的三角點測出來的結果，根本不對，白白浪費了許多寶貴的時間和金錢，還不知問題出在那裏。有的人全然不知其為何物，把它當一般亂石拋棄，或認為那方石頭尚可做別的用途，乾脆搬回家去了。

其實，政府早就頒佈了「測量標設置保護條例」，規定毀損或移動測量標者，最重處三年以下有期徒刑。多年來，主管單位也曾利用各種傳播媒體廣為宣導，然而「言者諄諄，聽者藐藐」，效果並不顯著。

朋友，如果你那天在平地或山上，看到三角點的標石，請手下留情，切勿損毀或移動它，因為，這小小的一塊石頭，也是國家的財產，是用納稅人的血汗錢設立的。

秋靜靜地徘徊

窗外飄來淡淡的桂花香，陽台上的雛菊含苞待放，濃濃的秋意不知不覺已悄然掩至。秋，代表成熟、豐收，是最美的季節，也是我最喜歡的季節，在這撩人遐思的季節裏，我拜讀了王麗華女士的作品「無奈秋濃」。

書中的女主角謝冰環是一個不向命運低頭的堅強女性。每個人都無法選擇出生，運氣好的生在家境富裕、雙親慈愛的家庭，從小過著呵護備至，無憂無慮的童年生活，而運氣差的，童年可就充滿了種種苦澀與磨難。然而，童年畢竟是人生的一個小階段，人總是要長大的。雖然在成長的過程中，童年生活多多少少會影響到一個人的未來，甚至人生觀，但，命運還是緊緊掌握在自己的手中，就看你怎麼走。

有的人對命運逆來順受，不掙扎、不爭取，一輩子生活在精神、物質，各方面都欠缺的煩惱和痛苦裏，這樣的人生不啻是失敗的。

有的人則不屈服於命運的安排，生活態度積極樂觀，精神奮發向上，即使面臨生死離別、愛情幻滅，一生遭遇坎坷，仍然能夠不斷的努力，自我提升、自我超越，生命的價值也就在於此。

作者人生閱歷豐富，儘管人物關係錯縱複雜，其構想部局嚴密，人物刻畫細膩，情節發展曲折，高潮迭起，引人入勝；作者對現實社會的冷酷無情和病態，也有深刻的描述，像沈秘書和顧嘉生兩人商業間諜的行徑，像高軒製造假車禍的敲詐行為，像外商的狡詐等等，正是時下社會常常發生的事；作者用字遣詞在文藻上十分華麗，予人的感覺不是浮面的、虛假的，而是深植人心的，所以給讀者的感受，對她筆觸所表達的故事，都絲絲緊扣人心，從而引起共鳴。

值得一提的是書中的謝冰環和漱玉的友情，真摯感人，尤其是漱玉去世後，冰環義不容辭的替她撫育孩子，將孩子視為己出，甚至為了孩子的身心發展健全，而嫁給一個沒有感情基礎的人，這種犧牲太偉大了，在現實社會幾乎少之又少。

至於愛情，有人說愛情是人生的全部，也有人說愛情是人生的一部分，現代的人又說只要曾經擁有，便不虛此生。

國畫要留點空白，故事的結局也要留點想像的空間，人生有一世之緣，有一段之緣，也有一面之緣，就看讀者您要的是什麼緣？

安全門在那裡？

之一

年前省長和北、高兩市市長選舉，競選期間，全省民眾空前熱烈的參與，尤其是省長選舉，每場公辦政見說明會，台上候選人肆無忌憚的猛烈攻擊對方，台下萬頭鑽動，執政黨與在野黨的支持者，各為其心目中的人選叫好、助威，同時也為不同立場的候選人喝倒采，甚或雙方人馬互相叫囂、謾罵，群情激動，這時往往要靠上千的警力，來維持秩序和保護候選人的安全。

每當候選人你來我往，唇槍舌戰，就看到兩位警察忙不迭的扛著兩根長竹竿跑到台前，分別站立兩旁，竹竿拉開中間是張大網，正好擋住候選人。

起初我有點納悶，不知這張網做啥用，後來看到激動的群眾，紛紛擲出各種飲料罐和石塊磚頭，而那些亂七八糟的東西全被擋落地上。真虧警方想出這個點子，使得省長候選人巡迴全省，毫髮無傷。

那一陣子，我在電視上看到警察舉起網子保護候選人，腦海不禁勾起一幅畫面……

許多年前，我家住在台中南門，那時除了台中路兩旁有商店和住家外，大多是稻田，每於秋收前後，天氣轉涼，每天天剛亮，麻雀成群結隊出來覓食，捕鳥人就出現在稻田裡，找個適當的位置，張起一面大網，然後，拿著銅鑼或鍋盆，從四面八方敲敲打打，把麻雀往張網的方向趕，鳥兒聽到急促的銅鑼聲，驚惶之下，往往一頭誤撞入網。

這樣張網、收網數次後，太陽已升高，麻雀經過一次次的網捕也減少，捕鳥人收拾道具，轉移陣地或隔些時日再來。而農家，由於麻雀啄食稻穀，趕不勝趕，自然樂得有人幫他們除害。

落網的麻雀，在物質生活欠缺的年代，命運注定是悲慘的，它被宰殺處理乾淨，到了夜晚，就出現在馬路邊的烤鳥攤上，在一盞昏黃的煤氣燈下，紅紅的炭火冒出小股青煙，混合著烤鳥的香味，嬝嬝飄向夜空，成為童年生活一抹揮不去的情景。

之二

時序到了農曆十二月，左鄰右舍就顯得特別忙碌，住在街上，人多車多，交通頻繁，台北的天空落塵量大，早上擦拭過的桌椅，到了下午又蒙上一層灰塵，日常可以放棄窗明几淨，一年將盡，總要好好的清洗一番，尤其是面街的門窗。

年的腳步漸漸近了，一般人的觀念是要買件新衣穿穿，心想不這樣，就顯現不出新年新氣象。有些人儘管擁有滿櫃的流行服飾，但，出門做客老嫌衣服少一件。因此，成衣業越近年關生意越好，加上寒流一波波來襲，冷雨瀟瀟，業者一掃暖冬滯銷的陰霾，這下鐵定可以出清存貨，大大賺上一筆，過個肥年。

街邊騎樓不知打哪兒來一下子冒出許多地攤，有賣臘肉香腸，有賣鍋碗類餐廚用具，有賣……，總之，應有盡有，儼然成為臨時攤販區。

市場內的商家，眼看非法搶走合法的生意，不甘心，急忙調來幫手，也趕在年底那幾天，在市場門前空地架起長桌，擺上應景貨物，權充臨時「分店」。這時候最高興的是孩童，跟著媽媽一攤一攤的逛過去，媽媽在一邊買糖果瓜子，小孩子一邊在「試吃」，買賣雙方會心一笑，過年嘛，快樂就好！

住家附近有兩家書店，深深懂得營造熱鬧的氣氛，琳瑯滿目的過年吊飾全擺到店外騎樓，掛的掛，堆的堆，映著燈火，亮晃晃，金光閃閃，十分吸引人。而繽紛美麗的花卉總在最後登場，過個年，真的是帶動百業興隆。

我在臘鼓頻催聲中，終日穿梭大街小巷，自己選購年貨，也看年節特有的風情。我發覺過年的喜氣只浮現在少年男女與孩童的臉上，家庭主婦幾乎都隱含著一股焦躁的神情，走路匆匆，開車匆匆，讓我打從心裡也感到什麼都太匆匆！還有這時很多主婦買東西不要錢似的，拼命採購拼命往家裡搬，來來回回一天不知走幾趟，如果遇見熟人，不是抱怨大掃除累壞了，就是說這沒買那沒買，說著說著，又急急忙忙走了。

年，過去了，給我留下的是幾許惆悵和茫然！

之三

除夕夜由電視新聞報導，得知復興航空墜機事件，雖然，為死去的機上工作人員悲，但，也慶幸機上沒有其他乘客；春節期間大家見面還在互道恭賀新禧，卻傳來美國大峽谷小飛機發生空難，台灣遊客數人魂斷離恨天；隔沒幾天又驚聞板橋瓦斯氣爆，火燒一百多棟房屋，造成數百人無家可歸的慘事，所幸有些人返鄉過春節去了，所幸事情不是發生在深夜，不然睡眠中，事出突然來不及逃生，天知道會是怎樣的局面。

當人們談起接二連三的災禍，心中猶有恐懼之際，台中威爾康西餐廳的大火，奪走了六十四條人命，是國內有史以來火災最大傷亡人數。當然最震撼人心的莫過於這場大火，試問那個人不曾和朋友邀約到餐館吃飯、聊天？周末假日那個人不偶爾上館子吃吃喝喝？這是現代社會頂稀鬆平常的事呀！

然而，歡歡喜喜出去吃頓飯，不幸遇到火災，在前面有厚厚的強化玻璃，後面又無預留的逃生出路，竟活活被火燒死，這樣的死太冤枉！太悲慘！

最可恨的是業者為了一點利益，視人命如草芥，真是百死不足以贖其罪，而輿論的痛責，甚至官員的下台，也只能一時平息眾怒、安撫人心罷了，於事又何補？

最近朋友見面最熱門的話題是打聽那裡吃飯最安全，有的朋友反應激烈，宣佈拒絕上餐廳、娛樂場所。我自然關心兒女，大兒表示以後參加飲宴，要先看好逃生路線，小女認為坐在靠近門邊的位置較保險。

有位年輕朋友的意見非常好，他說無論上那裡，先到櫃檯問明安全門的位置，如果沒有此設施，馬上換一家，千萬別拿自己寶貴的生命開玩笑。他又說，假若消費者人人如此，有關單位又透過傳播媒體廣為宣導，讓公共安全觀念深入社會各角落，深植人心，業者為了生存，定然不敢再忽視公共安全。

我想，不光是報紙又開始細數以往的事故，各界又如以往一樣的加以痛責和追究責任，政府更要採取實際行動，大刀闊斧的拆違建、杜絕關說（不要只有五分鐘的熱度），重建政府公權力，那樣人民的生命才有保障，許多枉死的生命才不至死得毫無價值，否則，新聞的熱度一旦減退，冷了，問題依然存在，舊事可能一再重演呀！

窄門之外

之一

淡淡的三月，走進中區職業訓練中心，一股花木的清香，夾雜著幾許春天特有的氣息，隨風拂過我底鼻尖，深吸一口沁人心脾的香甜空氣，放眼打量那偌大的運動場，有幾對學員在奔馳；那座大花園，有片蓊蓊鬱鬱的相思林；那實習工廠、學員宿舍、行政、教學大樓，以及建築物外的綠地……。

啊！這是一所精心規劃、設備完善、管理良好、綠意環繞的培訓技術人才的園地。

我站在寬敞的精密機械工廠門口，往裡面瞧去，數十台排列整齊的銑床機前，都有男學員聚精會神地操作著。冰冷的機器和男性，充滿了陽剛氣，我這個小女子一向對機械不大感興趣，正躊躇不前之際，忽瞥見一位高個兒的女學員，她腦後一束馬尾，額前一排劉海，自然流露出年輕女孩的嬌媚。我有點兒訝異，這面目清秀的女學員，為何不學些比較適合女性的技能，而要做「黑手」？

我直接上前和她搭訕：「學習多久了？」

「快兩年了。」她熟練的操作銑床機。

「三年結訓是吧？」

她點點頭，純淨的臉上綻放一朵可人的笑靨：「是呀，相同於高工補校，有頒發資格證書。」

「妳怎麼會想到這裡來呢？」

切掉開關，她把銑床機上那件產品拿在手上，吹去鐵屑，看了又看，才認真地說：「我國中畢業，想找個工作做，可是年紀小沒有工作能力，只能幫人打打雜，這樣過了一年，我又想讀書，我父親認為女孩和男孩一樣，最好學一技之長，所以，我就到職訓中心來接受養成訓練。」

我注意到她那雙沾滿了灰黑色鐵屑的手，忍不住又問：「這裡有多種技能可以學，像食品烘培、木工製圖……，都是輕便的工作，妳為什麼選擇銑床呢？」

「因為這一行比較欠缺人才嘛！」她充滿自信的說：「起初我擔心做不來，現在摸熟了，操作起來並不困難，我想女孩子做這種工作也是可以做得很好的！」

學習銑床的女學員固然寥寥無幾，在木工工廠確有不少女學員製作組合家具，她們用膠水黏合，用鐵槌敲敲打打，動作迅速而俐落，做出來的成品一點兒也不比男學員遜色。他（她）們是國中及高中畢業有志就業的男、女青年，訓練期限一年。

「一年？」有位文友聽了猛點頭：「時代進步得太快了，從前學一門技能需要三年四個月才出師哩！」

參觀汽車工廠，學員很多，同行的朋友有的說：「台灣的汽車業成長快速，汽車修護這門行業自然熱門啦！」

也有人以為開車的人，應該學點汽車修護的基本常識。看到談論熱烈的情形，我不由想到那位輔導課長有感而發的話，他說自民國七十六年到七十九年間，六合彩、股票等金錢遊戲盛行，社會上瀰漫著投機取巧、不勞而獲的風氣，深深影響了年輕人的心態，許多工廠發生勞力不足的現象，一直到八十年以後才慢慢恢復。不過像銲接、鑄造、電鍍、建築這些辛苦的行業，儘管待遇優渥，但肯吃苦的人還是不多。社會的脈動，由此可見端倪。

尖端科技的資訊技術，則招收高中高職畢業以上的男、女青年。此外，在職技術人員進修訓練，為友邦培養職業訓練師資及代訓技工。

歷年來，職訓中心培訓優秀人才，參加全國和國際技能競賽；成績優異，得獎的人數甚多，不但激勵了民間企業及從業人員重視技術價值的觀念，同時為國家爭取無上的光榮。

由工廠出來，漫步在相思林的綠蔭下，旁邊的好友說：「如果我有兒子，一定送他到這裡來！」

這話我也有同感。

年輕的學子，不一定要去擠大學那道窄門，人只要不好高鶩遠，腳踏實地的去學一技之長，一樣可以出人頭地，您說是嘛？

之二

遊覽車浴著初夏的陽光，沿著山道緩緩行駛，兩旁林木蒼翠欲滴，山風輕輕拂過林梢，蟬聲此起彼落，一棟棟白色建築物，次第出現在綠樹繁花間，這就是環境幽美的泰山職業訓練中心。

放眼望去，這所白色建築物佔地不廣，分為行政、訓練、康樂和生活區，專門負責職訓師的養成、職訓師的進修、工業電子及電機技術員訓練、在職技術人員的進修、雷射光電技術員訓練等等。課程的安排，實習和課業並重，尤其是實際工作經驗豐富，所以職訓中心出來的人，各方均樂於聘用。他們也是提升我國工業水準，走向精密工業的尖兵。

我一邊參觀一邊想，從前我國工業剛剛起步的階段，常派人到日本接受技術訓練，後來買日本機器和零件，十年前泰山職訓中心引進西德電子電機工業技術、教材和設備，發展到今天，我們不但可以培訓自己的工業技術人才，反過來，還可以協助友好開發中國家，提升該國職業訓練師技能水準，促進雙方交流合作。

代訓外籍技師，以前有東南亞國家，現在有哥斯大黎加、多明尼加、薩爾瓦多……等國。每位受訓的技師，在台期間吃、住、零用金，一切開支均由我國支付，有趣的是他們大多省吃儉用，節餘些金錢帶回國去，這情景，和台灣三十年前派出國受訓的人是一樣的呀！

這些來台受訓的外籍人士，在他們本國的工作不是職訓師，便是教師，素質較高；因此，泰山職訓中心也可以說是種子訓練機構，而今已是桃李滿天下了。

走到工業電子及電機訓練區，教室裏面靜悄悄的，窗外的蟬聲嘶叫得更起勁。每個學員頭也不抬的專注在儀器上，他們都是高中或高職畢業，服完兵役考進來的青年，受訓三年，每週一至週五在中心，週六晚上及週日全天在台北工專補校進修，訓練課程排得很緊密，受訓期滿，通過乙級技術士檢定及二專資格考試，就同時可以拿到兩張文憑，這不啻是擠大學「窄門」之外的另一條康莊大道。

在職訓中心受訓，除了伙食費，其他完全免費，在台北工專補校進修，學費要全部自行負擔。我曾和一位賴姓學員聊天，他有點苦惱的說：「三年時間比較長，沒有收入，還要靠父母的資助，所以不好意思常向家裏拿零用錢。」

說的也是，二十五歲左右的人，經濟不能獨立，心裏難免感到慚愧，雖有家人的支持，但還需要精神鼓勵，可能的話，再多少給予實質的幫助，那樣更能讓他們專心學習，這也許是他們對生活的一點小小企望吧！

婚姻之路

每次在熱鬧的街上，看到白髮粲然，步履蹣跚的老先生和老太太，相互扶持小心翼翼的穿過馬路，我不但很感動，還很羨慕，心想，他們這樣牽著手走過多少的風雨歲月了？

婚姻，自古以來就是一個永不止息的熱門話題，也是問題最多的一件事，每個人的一生幸福，幾乎都和婚姻生活有深遠而密切的關連。從前封建保守的社會，男女的終生大事，是奉父母之命，媒妁之言而訂定，美滿良緣固然有，可是，由於門第之見和貧富懸殊，破壞了很多理想鴛侶，造成終生的遺恨。而現在自由戀愛的時代，也未盡如人意，尤其近年來，離婚率日增，家庭破碎衍生的青少年問題日趨嚴重，這是當年爭取婚姻自由者，始料所未及的。

有人說：「我倆因誤會而結合，因瞭解而分開。」來說明不能白頭偕老的理由，這話看似很富哲理，我卻認為是輕率而不負責任。試問，在婚禮上的旦旦誓言、相互期許，就這樣三言兩語一筆抹去了嗎？為什麼不先求瞭解再結合呢？

也有人說：「愛情是盲目的。」這句話我也有同感，不過，要談婚姻，就得擦亮眼睛，不能憑著感覺走。

現在的年輕人若是遇到父母有意見，便表示：「你們不要管，結婚是我們兩個人的事！」這樣想太自私，須知男女結合，雙方家長自然關心自己的孩子，兒女快樂他們也快樂，兒女痛苦他們也煩惱，假使很快有了愛情結晶，牽扯更多，那就不是兩個人的事了。

每個人新婚期間和所愛的人，卿卿我我，無限甜蜜，都願意共同攜手創造美滿幸福的新天地，努力經營愛的城堡。家，這個美麗的城堡，有生計問題、開門七件事、生兒育女、親屬關係和許多日常生活瑣碎，應付處理這些生活繁瑣的事，難免發生摩擦。人性又有太多慾望，或者抱持過高的理想，對日漸平淡的婚姻生活產生厭倦和失望，於是，遇事苛求，挑剔對方的毛病，爭吵謾罵，惡言相向，昔日的溫柔體貼已不復存在，美麗的城堡成為煙硝四起的戰場，這時，雙方若不知道反省，不能夠忍耐的話，婚姻就變成愛情的墳墓了。

如果，單單是男女兩個當事人，各奔前程，追尋另一個春天，影響還不大，怕的是已經有了兒女的牽絆，家庭破碎，很可能發生種種不可知的悲劇。因此，怎樣維持婚姻幸福這個問題，現代社會人人想探討和研究，不過，「家家有本難念的經」，清官更是難斷家務事，往往一念之間，就有不同的結果，下面我舉三個實例來說。

有對年輕朋友，男的相貌堂堂，長的一表人才，女的美麗端莊，思想相當前衛，他倆是大學同學，又都在美國拿到博士學位，同時應聘為副教授，郎才女貌締結良緣，羨煞多少同輩的親友。

婚後三年，兩人就為了傳宗接代的問題，鬧得不可開交。我覺得很奇怪，因為，一般人結婚小倆口都會計劃將來要生幾個小寶寶，除非患了不孕症，才會另作打算。聽說女的可不這麼想，她不要有孩子，認為生兒育女會把女人的一生綑綁得緊緊的；沒有孩子的牽絆，可以過著出雙入對的逍遙生活；沒有孩子的牽絆，可以專心的鑽研學問；沒有孩子的牽絆，就有充分的自由……，總之，她只要家不要「枷」。

男的很喜歡小孩，他又是家中獨生子，他的父母自然望孫心切，他不忍令父母的希望落空，和她商量生個一男半女以慰老懷。

「你把我當什麼？你要弄清楚，我是人，不是生產的機器！」她冷冷的回答。

「生一個吧，不管是男是女，生一個就好！」

「女人難道連不生孩子的自由都沒有嗎？」

「我想要一個孩子有錯嗎？」

「婚前我就跟你說過不生孩子的，這一點你也同意了，現在怎麼反悔啦？」

「我以為妳說著玩，怎麼知道妳是當真的，何況很多女性婚後都改變想法，想要擁有孩子，家裡熱鬧些，也更像個家，妳……」

「別指望我，要生你自己生去！」

「笑話，我要能生還用得著求妳？」

從這一段對話，即可看出這對年輕朋友，傳統與新潮的基本思想差距太大，不是旁人輕易可化解。當時有位長輩在場，要他倆多多考慮，可惜終因年輕氣盛，各自堅持己見而分道揚鑣。

如果，他愛她，為什麼不多等幾年，給她一點時間，因為人跟著成長的腳步，各方面都會比較成熟，到時候，說不定她會自動的想要孩子呢！

如果，她愛他，又不那麼自私的話，為什麼不退一步替他著想，那樣也許就海闊天空了。

由這對高級知識份子，我連想到遠房表妹。表妹和表妹夫做朋友的時候，她的家人就看出他人品不佳，勸她斷絕往來，可是，她不但不聽勸，還匆匆的嫁給他。

沒想到苦日子很快來臨了，原來，這位表妹夫吃、喝、嫖、賭樣樣來，他父親留下的產業，在很短的時間內便被他敗光。他既吃不得苦，工作又不認真，因此，經常失業。

一年後，表妹生下一女，家庭經濟全部落到她身上，她沒讀多少書，又無一技之長，只能靠勞力換取生活，而家中有位不事生產又好賭好喝的丈夫，生活的困苦可想而知。表妹也曾幾度軟硬兼施，用盡心機仍無法使浪子回頭，別人則瞧他年紀輕輕就染上種種惡習，而且連老婆、孩子也不管，這樣沒有責任感的人，誰敢雇用他呢？

於是，他變本加厲整天沉溺在聲色場所，沒錢或喝醉酒就打老婆。女人不幸遇到這樣的丈夫，只有離婚才能解決痛苦，然而，表妹臨到辦離婚手續的當兒又心軟了，只見她緊緊抱著孩子，淚珠兒大顆大顆的滴落下來，心念一轉，咬咬牙，不離婚了。

親友們除了同情和歎息外，還能說什麼？

表妹怕離婚後，孩子遭遇悲慘，也為了給孩子有一個完整的家，把所有的苦難一肩扛起。多年來，她吃盡了苦頭，可安慰的是一兒一女尚知上進，現在孩子大了，表妹夫不知是年歲增長還是怎麼的，竟自動戒賭，酒也少喝，家庭生活比以前和樂多了。

我想，表妹的春天儘管來得晚，但，永不嫌遲。

另外有位小學同學，以前曾是鄰居，後來不論我搬到那兒，她也不怕長途電話費貴，隔不多久，就打電話來訴苦：「我和老公又吵架，氣死我了！」

我照例安慰她：「不氣不氣，氣死沒人替。」

這位小學同學性子急，為人直爽，不拘小節，她老公正好相反，做什麼都慢，專注意小事。奇怪的是他倆處理大事想法一致，便是有不同的意見也很容易溝通，可是，對瑣碎的家事，往往意見相左，爭執不休。

記得有天她電話沒打，就坐車北上，見了我，眼圈兒一紅，直嚷著要離婚。她老公曾因幾本舊雜誌、缺了口的花瓶、舊桌椅……，怪她未經他同意就丟棄，而興師問罪，吵的最厲害時還三番兩次分居過。

很多人都以為這樣家常便飯似的爭吵，對夫妻感情不會有太大的影響，那就錯了，像我這位同學的婚姻，差點就毀在這些芝麻綠豆大的事兒上。這一次又是為了什麼嚴重到要離婚呢？可以想像的，一定又是小之又小的事。

以前我總勸她要學習忍耐，互相體諒，睜一眼閉一眼，這些老生常談。這次我不知道拿什麼話來勸導她才好，忽然想到前不久一位長輩說過的話：「多想對方的優點。」

我把這句話轉贈我的同學，希望她像我一樣，每想到這句話，便心平氣和了。

尚大姐——一個女兵的故事

緣起

走出電梯按門鈴，門開處，尚大姐露出一貫溫煦的笑容道：「心雲，妳很守時，裏面請！」

我趨前問好，放下皮包，環顧這四坪大的房間一眼：「大姐，妳怎麼還把被褥疊成有稜有角，像塊豆腐干似的？」

可不是，守時、整理內物都是從前在是軍中養成的好習慣。大姐與我相識於台中某軍事單位，她是已步入中年的職業軍人，我是青春年華的僱員，我們同一辦公室，也同一寢室（大通舖）。記得，每晚就寢前，同寢室的人都聚在一起聊會兒天，我則喜歡趴在床鋪上寫日記（沒有桌椅），往往寫著寫著便睡著了。大姐看我手握筆，竟能睡著，不由又好笑又羨慕：「能睡真好！」說著，拉過毛毯替我蓋上。

後來，我結婚生子，由於外子是軍人，那時軍人特遇菲薄，為了節省幾個奶粉錢，我趁上班休息的空檔，溜回家餵孩子吃奶。偶爾睡得香甜，搖不醒或吸吸停停，誤了我回辦公室的時間，難免挨主管「刮鬍子」，大姐知道了，常私下安慰我、鼓勵我。

午後的陽光，斜斜的照進屋裏，而春寒猶凝聚在燕子湖畔，院中櫻花開得正盛，花下清澈的水池，有數隻錦鯉游來游去。我淺啜一口熱茶，聽大姐重提四十多年前的往事，心中倍感溫暖，我忍不住問了一句從前不好開口的話：「大姐，聽說您為了四個弟弟妹妹，而終身不嫁，是嗎？」

「這事說來話長……」大姐雖是一介平凡女兵，但，話匣子一打開，卻是一頁不平凡的生命史，我只摘取一些片段來說說吧！

女兒心

尚大姐閨名掌珍，湖南長沙人，生於民國五年。祖父為早期湖南省派赴日本的留學生，由日本振武學堂和測量專科學校畢業，返國後歷任湖南省測量局長、水道測量隊長等重要職位。其父亦留學日本，可惜因軍閥割據、政治動盪不安，有志難伸，家道逐漸中落。

大姐有弟妹七人，她是長女，曾就讀長沙中學、衡粹女學，後考入湖南省測量局見習班，學習製圖。抗戰軍興，轉中央測量總局，民國三十八年隨軍來台，在聯勤某單位服務，直到少校屆齡退役。

後來，大姐又到國防醫學院女生隊護理系，當了十七年的舍監，六十九歲那年才完全退休，住進事先申請的養老院，頤養天年。

我所認識的大姐，是一個忠於職守、熱心助人、獨立堅強的女性。年輕時的她，高高的個子，挺直的腰幹，一頭濃密的短髮，大而明亮的雙眸，身著軍服，英氣迫人。若是換穿旗袍，又顯雍容端莊，與當時著名的影星周曼華有幾分相似，這樣美麗大方的女軍官，想必有不少追求著。然而，大姐的感情生活，卻乏善可陳，甚至是一片空白。

我不相信，直接了當的問：「大姐，您談過戀愛嗎？有沒有過意中人？」

大姐儘管年事已高，仍有些靦腆的告訴我，她的父母親曾經給她訂了一門指腹為婚的親事，男的湖南師範大學畢業之後，跑到她家來，雙方見了面，男的嫌她未受過高等教育，她嫌男的長的矮小，雙方都無意願，這門親事也就自動解除了。

接著，大姐歎了一口氣又說：「我沒談過戀愛，意中人嘛，時間太久記不得了，不過，我倒還記得當年有人說：『尚大姐不錯，就是包袱太多。』」

我想，一句「記不得」是那時代女性的含蓄與矜持；或許因為包袱多，負擔重，讓愛慕者望而卻步吧！

亂世兒女

戰亂改變了許多人的命運，如果是太平歲月，大姐出身書香門第，指腹為婚不成，儘可另覓良緣，相夫教子，平安快樂的過一生。然而，日本侵華，抗日戰爭風起雲湧，大姐離鄉背井跟隨服務單位到南京、貴陽、重慶，她的家人為了逃避日軍的攻擊，也躲到鄉下去了。

等到八年抗戰勝利返鄉，方知老家被摧毀，親人失散，偌大的家園無力收拾，而且，百業蕭條，家人生計困難。大姐回到南京原服務單位，想辦法把母親和三個弟弟一個妹妹接來，就近照顧，挨過幾年苦日子，等有能力再重整家園。

那知道戰事接踵而至，許多省份相繼淪入中共之手，國民政府岌岌可危，而大姐的母親已罹患食道癌，不久即病逝。此時，天寒地凍，經濟困窘，通貨膨脹，親友尚且自顧不暇，那有餘力來幫助她呢？

同事們都攜家帶眷匆忙先行逃往廣州或上海；甚至，左右鄰居連招呼也不打一個就走了。在孤單無助之下，大姐強忍著悲傷，鎮定的按照南京習俗，簡單隆重的給母親辦完喪事，才毅然攜帶三弟一妹搭乘最後一班火車離開南京。隨後輾轉於民國三十八年七月，隨服務單位搭乘登陸艇撤退到台灣。這一年大姐芳齡三十三，她最小的弟弟年方六歲，從此，她身兼嚴父和慈母，一肩扛起撫育弟妹的責任。

試想，在那「夫妻本是同林鳥，大難來時各自飛」的亂世，大姐不嫌累贅，不怕任重道遠，在兵荒馬亂中，千辛萬苦把弟妹帶在身邊，甘願為他們犧牲、奉獻一生，這種手足情深的高貴情操，多麼令人感動！

大姐說，所幸當年她是學有專長的職業軍人，有機會奉獻所學報效國家，也有一份固定的薪俸，雖然家用經常捉襟見肘，但，生活總算安定下來。她給弟妹一個可以遮風避雨的家，妥善安排他們讀書、升學乃至成家立業；她自奉甚儉，晚年曾幫弟弟置房產，即使望九之年，還定期匯款幫助兩位侄孫完成大學教育。

數十年來，為人父母所能做的，大姐幾乎全代勞了，因此，她的弟妹和侄孫輩都愛她、敬她。

小故事

人一生經歷過很多事，有的早已遺忘，有的卻記憶猶新。大姐還記得抗戰勝利那年，她和中央測量總局的同事各領二十萬元的還都費，搭乘長江輪，由重慶返回南京。

有位女同事帶著先生和兩個小孩同行，由於船上人多，女同事怕失竊，便把那筆錢藏到被窩裡，以為萬無一失。航行途中，有位男同事買麵包請大家吃，女同事的先生吃完發現棉被上掉了些麵包屑，順手抱起棉被走進船舷，抖了又抖，做夢也沒想到那筆還都費，就這麼全抖落到長江中，旋即隨江流漂走了。

這位女同事拖著一家子，沒錢，寸步難行，頓時陷入困境。大姐急人之所急，率先慷慨的送了兩萬元給她，其他同事也紛紛解囊，女同事一家方能順利返鄉。

另一件事是那年逃難到廣州，等船準備撤退到台灣之際，人心惶惶，物價飛漲，大姐身無分文，僅靠一份微薄的薪水養四個弟妹，她一天煮一小鍋飯，分兩頓吃，幼弟每吃完飯就吵著：「大姐，我還餓！」她明知弟妹處於半飢餓狀態，也只能硬著心腸說：「不行，下頓再吃。」

有一次服務單位發送美援物資，那是一條又長又寬的毛料褲子，是唯一值錢的東西，大姐叫大弟拿上街去賣，本想賣點錢留著應急用。也許久不知肉味，大弟想吃肉想瘋了，竟把賣褲子的錢，全部拿去換兩斤豬肉，大姐知道後很生氣，把大弟狠狠罵了一頓，這事現在想起來仍然感到心酸啊！

由漂流木說起

日前兒子開車載外子與我前往福隆，車子剛開上北部濱海公路，不久就看到八斗子潮境海濱公園的海灣，有不少雜物隨着海浪晃蕩，我皺着眉頭說：「奇怪，那兒來這麼多廢棄物？」

「媽，那是漂流木！」兒子望望海上。漂流木？我心裏打個問號才猛然想起，這是莫拉克颱風給南台灣帶來破記錄的降雨量，引發山洪暴發、土石流、堰塞湖；掏空路基，道路流失，橋樑斷裂，屋毀人亡，甚至發生滅村的慘禍；沿海地區幾個地層下陷嚴重的鄉鎮泡在水中，積水難退。

颱風過後，大量的漂流木壅塞漁港，造成另一種災害和困擾。不可思議的是過了半個月，有許多的漂流木竟然隨着潮水，由台灣尾漂流到台灣頭來，大自然的力量真是令人觸目驚心啊！我們一路經過龍洞漁港、龍洞海洋公園、金沙灣海水浴場、澳底漁港、鹽寮海濱公園、直抵福隆。目睹東北角這片原本清澈乾淨美麗的海域遍佈漂流木，有的擱淺在海邊的沙灘上或岩石間，有的四處漂移，海水變混濁，遊客也稀少了。

回想莫拉克颱風來襲那天起，每當電視播報那滾滾洪水挾帶着倒塌的屋舍、人畜……，轟隆隆地席捲而去，天地為之變色，彷彿世界末日的到來。而倉皇逃生無家可歸的災民，他們眼睜睜看着親人被洪流吞噬，家園被毀，那種驚慌失措與焦急無助絕望的神情，往往讓坐在電視機前的我感同身受，並心疼落淚。

東北角海域的漂流木來自南部溪流的中、上游，來自叢山峻嶺，那兒大多是原住民的故鄉，如今由空照圖顯現出來的山河是破碎的，可以說是面目全非。然而，家園重整需要時間，大自然的癒合更需要時間，由此，憶起一位泰雅族老婆婆告訴我的真實事情。

那是位於台灣中部北港溪中游的泰雅族部落，族人為了生活、增加收入，相繼在取水方便的北港溪河床開闢菜園，一塊塊不規則的菜畦有那高高的玉蜀黍、爬滿河床的瓜藤、肥大的芋頭，茂密的藤葉幾乎遮住河中間那條清澈的流水。不料，有一年颱風下豪大雨，河水暴漲，有兩兄弟為了搶收成熟的農作物，逃避不及，被洪水捲走。這兄弟倆的父親很悲傷，常到北港溪邊哀悼兒子，有一天傷心過度，疲倦的靠着河岸岩石打盹，矇矓中，聽見腳下的北港溪憤怒地吶喊：「你們不要妄想侵占我的地方，這是我的路……我的路即使長草長樹、種菜建屋，時間再久，我都認得我的路！」

這件事老婆婆的族人一直引以為戒，從此，不與河爭地。

是的，多少次大地總是趁着強風豪雨來襲時反撲，如果我們不想重蹈覆轍，不是應該更謙卑地省思嗎？

那年雙十

天剛濛濛亮，又宇被洗手間嘩啦啦的水聲給吵醒，他躺在床上斜睇床頭的鬧鐘，默數他老爸梳洗、換衣、穿鞋襪的時間，僅僅用去十分鐘，果然立刻傳來呼喚聲：「阿梅，打扮好了沒？快趕不上早班公車了啦！」

「好，馬上來！」阿梅肩上掛著皮包匆匆走出房門，白了建宏一眼，壓低嗓子埋怨：「瞧你，都一把年紀了，說起話來還大聲馬吼的，也不怕吵醒孩子們。」阿梅口中的孩子們是昨夜從新竹回來的又宇、媳婦和兩個孫兒女。

建宏和阿梅住在板橋眷村改建的十二樓電梯大廈，又宇在新竹科學園區工作，買了一棟寬敞舒適的透天厝，本想接爸媽同住共享天倫之樂，然而，好說歹說，倆老就是不想搬。不搬的原因有三：一來社區裏住的大多是建宏的老袍澤，日常聊天、下棋或旅遊不怕沒同伴；二來阿梅和眷村的老姐妹感情深厚，捨不得搬離；三來為了每年雙十國慶方便一早趕去佔位置，觀看閱兵大典。

前面兩點理由又宇可以理解，最後一點，他想不透也無法苟同。記得從他有記憶以來，尤其是父親退伍之後，爸媽特別喜歡看國慶閱兵大典，他曾問過爸媽：

「您倆年年看閱兵看不厭呀？」

「不……不會，因為那天是我和你爸……」阿梅說著說著忽地兩頰泛紅就不說了。

「我以前是軍人當然喜歡看閱兵囉！」建宏輕描淡寫的說。

又宇想爸爸一向嚴肅，可是說這話時卻有些兒靦腆；媽媽頭髮已花白臉上竟有少女的嬌羞。這……這不是有點奇怪嗎？

有一回，又宇帶著妻兒陪爸媽去看雙十國慶閱兵大典，當軍樂響起，分列式開始，各兵種隨著號令，一隊隊步伐整齊的通過司令台、觀眾席，他瞧見爸爸興奮、激動的用力拍手，而媽媽緊緊挨著爸爸，感動的紅了眼眶，還頻頻拭淚。這情景有異於一般觀眾，更奇怪的是閱兵典禮結束，倆老不像平常週末假日全家一起去吃個小館什麼的，而推說：「我們還有事，你們自個兒吃飯去！」說完，招手叫部計程車就走了。

這一走，則要到日落西山才回家。建宏和阿梅為什麼常在雙十國慶那天「失蹤」一個下午，事後又不說清楚講明白，做兒子的又不好追問，只能悶在心裏打個大大的問號。

「阿梅，快走吧，國慶日人多怕塞車呢！」建宏拉著阿梅走出家門。

又宇聽到爸媽關門的聲音，翻身起床拉開窗帘，往樓下望去，看到爸媽走出社區大門的背影在巷口消失。他想，雖然父母年事已高，但，身體健康，精神旺盛，這是做子女的福氣哩！想到這裏，他放心地鬆了一口氣，又躺回床上睡他的回籠覺。

朦朧中，又宇隱約聽到妻和孩子起床，一陣窸窸窣窣過後，他們便回娘家去了，這是昨天說好了的。又宇平時工作忙碌又緊張，難得獨自一人在家，趁機可以好好補充一下睡眠。當他睡得正熟，突然門鈴響了，他翻身不理假裝家中無人，可恨按鈴的人兒卻不死心，他只好睡眼惺忪的爬起來，開門一看，是姑母來了，他立時睡意全消，臉上堆著笑說：「姑姑，好久不見您了，屋裏坐吧！」

「又宇，怎麼只有你一人在家？你爸媽呢？」姑姑進門坐在沙發上。

「看國慶閱兵去了。」又宇忙著端點心、沖咖啡。

姑姑吃了一塊蛋糕，啜了一口咖啡，意味深長的笑道：「哈哈，你爸媽真有意思，這麼多年了還樂此不疲呀！」

又宇聽姑姑話中有話趁機問：「怎麼說呢？」

「好吧！今天得閒就來聊聊你爸媽的事。」

「太好了！」又宇有忍不住的興奮。

「這是當年你父親參加雙十國慶閱兵大典的獨照，你看多帥啊！」姑姑指著桌上的照片說：「你母親就在當天認識你父親，之後他倆談了兩年戀愛，而且談得很辛苦。」

「為什麼？」又宇瞪大了眼睛。

姑姑又啜了一口咖啡，緩緩地道：「民國六十年左右民風較保守，你外公有偏見，不願女兒嫁外省人，你媽媽被禁止外出，她絕食抗議，僵持了好幾天，你外婆知道你媽媽性子烈，怕鬧出人命，偷偷放你媽走了。」

「真的假的？」又宇聽得津津有味：「怎麼像電影故事情節一般，後來呢？」

「由於他倆已達法定年齡，便參加雙十節集團結婚，所以，這一天對他倆來說特別有意義，兩人也因此喜歡在這個紀念日單獨慶祝。」

「那…爸媽為什麼在我們面前從不提起往事呢？」

「或許…因為你媽媽娘家無人參加婚禮，總是個遺憾吧！」姑姑飲盡最後一口咖啡又說：「看

「許多年後，外公看你媽媽過得美滿幸福，才認了你爸爸這個女婿。」姑姑說完站起來：「看來你爸媽不到天黑不回家的，我不等啦！」

又宇留不住姑媽，只好送她下樓走了。他想，回頭得去買瓶紅酒、一個大蛋糕，打電話叫妻和孩子，等爸媽回家一起慶祝。

蘇老的畫像

春末夏初，外子與我搭機抵美西即和兒子媳婦會合，再轉機橫越美國到華盛頓DC，住進華府市郊的旅館，這時參加「真愛全人旅遊」的團友，也由美國各地紛紛來報到。由於都是華人，而且幾乎皆是基督教徒，因此並不覺陌生。

華燈初上，我們一家四口，飢腸轆轆的走進旅館右鄰的中餐館，到此用膳的團友坐了好幾桌。服務生端來我們點的飯菜，我瞧那一大碗雪菜肉絲麵，碗面佈滿了寸把長黃不黃綠不綠的所謂「雪菜」，我好奇的挾了一筷子往嘴裏送，雪菜又老又鹹又酸更沒有那股特有的香味。一向不挑食的外子皺著眉頭喃喃自語：「我牙不好，這菜嚼不動哩！」

我也忍不住嘀咕：「這麵真難吃！」

「媽！這裡的中國菜怎能和台灣比呢？」兒子說：「原封不動也不好，我們將就分著吃吧！」

我勉強吃了一小碗，抬頭無意間，瞥見鄰桌一位老先生點的也是雪菜肉絲麵。只見他低著頭吃得津津有味，吃到最後居然雙手捧起那只大碗公，呼嚕嚕把剩餘的湯汁喝個精光，然後，放下碗拿紙巾擦擦嘴，滿足的拍拍肚皮。

老先生捧碗公大口吃喝的身影，似陌生又眼熟。在我的記憶裏那是數十年前台灣鄉下農家用餐的情景，那也是「誰知盤中餐，粒粒皆辛苦」惜物愛物講求節儉的年代，我不覺感到特別的親切！用完餐後集合點名，領隊蘇博士一一介紹他的家人給大家認識，我才知道老先生是他的父親。

蘇老先生今年已九十多歲了，年紀雖老，腰桿仍挺直，走起路來不落人後，為人和藹可親，笑口常開。有意思的是他老人家每到當天晚上住宿的旅館，就先找好合適的場所，熱心的邀約團友們次日早晨六點半集合，由他帶領大家打一套他自創的健身操。

於是，在綠油油的草坪上，或在山壁垂掛著一大片芬芳的金銀花前，或面對著野鴨悠游的清淺小溪，我們一群蘇老口中的「少年仔」，在他老人家的口令下，精神抖擻，整齊劃一地做早操。這老帶少的畫面十分有趣，常招來早起路過洋人激賞的眼光和會心一笑。

蘇老還很健談，雖然他耳朵有些重聽，但頭腦清晰，思路條理分明。有一天晚上集會，他娓娓談起，他出身在台南佛、道不分的傳統家庭，十七歲那年聽到傳道人傳福音，而改信基督，從此他的生命有了大大的改變，生活有盼望、喜樂和平安。

後來蘇老全家移民美國，經過多年的努力，子女長大個個有成就，而他則垂垂老矣，依然保有純真的赤子之心和節儉樸實的生活習慣。這一點非常難得，也值得後生晚輩學習。

跳躍的音符

之一

日前到國立歷史博物館參觀「驚豔米勒：田園之美」。「拾穗」這幅名畫描繪秋收季節，陽光柔柔地照在收割過後的田地上，三位農婦彎着腰撿拾剩餘麥穗的情景。這動人的畫面與其涵意，不由讓人連想到中國北方農村，每於收割小麥後，麥田裏遺落的麥穗，地主任由需要的鄉人拾取，日久成習，這是聽生長在北方的朋友說的，而台灣的農村也有這樣的習俗。我想，人不分東西，地不分南北，儘管文化各不相同，但，這富有人情味的溫馨畫面，在世界許多角落都能看得到。

其實，在早年的台灣不僅僅是拾穗而已，還可以撿落花生、甘藷、菜葉等等，只不知今日的農村是否仍存在這些習俗？

記得，小時候家住台中南門橋，當年那一帶都是稻田，每逢稻子成熟，鄰近的村童得知哪天割稻，就呼朋引伴緊跟在打穀機後面撿拾稻穗，直到夕陽西下，方抱着撿拾的稻穗回家餵養雞鴨。如果是麥田，所拾的麥穗往往捨不得給雞鴨吃，而是不怕麻煩的把麥子一粒粒剝下，收穫多的話，有些用炭火炒焦黃，放涼、裝罐，留着夏天煮麥茶當消暑的飲料；有些和切塊的甘藷一鍋煮熟加點糖，便是午後孩童最喜歡的點心。

若想撿拾落花生或甘藷，要等地主把地翻撿過兩遍之後，旁人才能去撿拾，而要在被地主翻過的土地裏再去翻找遺漏的果實，已所剩無幾。不過，有時候運氣好，順着半枯萎的落花生根藤拉扯，也可以拉出一長串深埋地裏粒粒飽滿的果實。那友伴羨慕的眼神、竹籃裏一下子變多的落花生，是童年忍不住的雀躍心情。撿甘藷則是哥哥荷鋤我拿鐽，忙了半天多少有些收穫，偶爾還能扛一捆甘藷藤葉回家餵豬呢！

順便一提的是削包心菜葉，這是只有大人能做的事，機會並不多，一般菜農都自家把整田的包心菜外葉削掉，然後裝簍販售給菜販，如果人手不夠，就開放部份給旁人來作，削下來的菜葉歸那人所有。我曾經跟隨在母親旁邊幫忙，辛苦所得的菜葉，稍嫩的葉子揉些粗鹽、曬乾、儲存甕內，以備不時之需；老葉拿來飼養雞鴨鵝，這些免費所得的食物，在那個物質欠缺的年代，可說是地主的善心美意啊！

或許是身教重於言教，在鄉村生長的孩童，小小年紀多能体會「誰知盤中餐，粒粒皆辛苦」的道理，長大後，比較能吃苦耐勞，自然也更懂得知福惜福了。

之二

「阿娥，吃完飯記得去摘些絲瓜花回來。」

往村前的溪邊去。

「阿母，知道了！」我回答一聲，趕快喝完地瓜粥，戴上草帽，拎着竹籃，蹦蹦蹦跳跳地

童年時我家由城裏搬到鄉下，鄉村沒地方買青菜吃，父、母親帶領我們兄妹四人到離家不遠的溪邊，開墾一小片溪埔地，種些容易生長的小白菜、空心菜、茄子、地瓜葉什麼的，同時在土堤邊坡用砍下的竹子，因陋就簡搭了半人高的矮棚架，栽種絲瓜。母親喜歡花草，也利用畸零地種些圓仔花、日日春、指甲花，這些鄉下常見的小花小草。

由於父親經常在外地工作，母親身體一向孱弱多病，不能太勞累，所以，我們兄妹每於課餘或假日就得幫忙照顧菜園。就讀國小的我負責收集雞屎，比我大幾歲的哥哥專管挑尿挑水，母親則澆菜施肥，妹妹年幼只會邊玩邊拔草、捉菜虫，這片小小的菜園在全家合力的經營下，欣欣向榮。

我印象最深刻的是每當黃燦燦的絲瓜花爬滿了棚架，母親便叫我趁花開正盛時，在瓜棚上選擇公花（不結瓜的花），摘一竹籃到溪邊洗淨，拎回家等母親調好麵，熱好了油，再一朵朵均勻的沾上麵糊，入油鍋裏炸。在那物質欠缺的年代，有一盤油炸絲瓜花可以解解饞，那黃色的花，又美又香甜的滋味啊，可真叫人難忘！

婚後，住眷村，屋後有一小塊空地，我在圍牆邊栽種了一大叢紅色的醉海棠、幾盆粉紅色的星海海棠和蘭花，又在牆角埋下幾顆絲瓜種籽，然後全家總動員，買來竹竿和鐵絲，扎扎實實搭了一座一人多高的棚架。等到種籽發芽牽藤，絲瓜藤蔓爬滿了棚架，綠葉成蔭，夏天天氣炎熱，日照時間長，瓜棚下就成為我家三個孩子玩遊戲、做功課的最佳場所。

當絲瓜花開時，我便把傳自母親的知識，轉教孩子怎麼去分辨公花和母花，並告訴他們絲瓜可做美味的菜餚，絲瓜露性涼，從前醫藥不發達有人用它退燒，而老了的絲瓜絡可拿來刷洗鍋碗瓢盆，整株花藤都有用處。當然，最後總忘不了摘花、調麵糊，油炸一盤絲瓜花，讓孩子們也嘗一嘗這鄉野美食。

於今，父母兄長都早已過世，童年夢遠，而我的孩子也長大成人，又住在城裏的公寓大廈，沒有一方土地可搭棚種瓜。有時想再回味油炸絲瓜花那香甜的滋味，菜市場也沒得買，然而，我對絲瓜花卻難以忘懷呀！

之三

日前，由外面回來經過二樓樓梯間，不經意的瞥見窗外陽台上，那株曇花結了一個小花苞。

我愣了一下，回想那株曇花是數年前四樓有人搬家被遺棄在陽台上。那破裂的花盆裏栽了一小節曇花枝，枝椏上掛着三、兩片單薄的葉子，一付營養不良的樣子，我本想「你丟我撿」，可是樓梯間的窗台高，窗外陽台低，我彎腰探身試了幾次都搆不著，又因手腳不如以往俐落，不敢爬上爬下，也就放棄，任其自生自滅，日子久了，幾乎忘了它的存在。

如果，夏日炎炎，久旱不雨，我上下樓梯時，偶爾看到那株曇花枝葉枯黃，奄奄一息，也沒想到給它澆澆水，後來下了場雨，它又慢慢恢復生機；如果遇到颱風或接連着下大雨，陽台排水口被什物堵住，水排不出去，住在樓上的人家沒注意陽台淹水，直到一樓住戶天花板滲水，上樓來察看順便清理排水口，才發現那株泡在水中十多天的曇花，根部的泥土大多已流失，可還活着。

今年入夏，初長的花苞帶給我意外的驚喜與感動，因此每經過樓梯間，都會特別推開窗戶看它一眼，不數日，花苞長成一個拳頭般大，尾端微張露白，估計當天夜晚會全開。

我不願那曇花自開自謝，孤芳自賞，就想把它搬進來，讓進出的人都可以觀賞到。於是，我找外子合力把花連根帶土鏟進事先備好的花盆裏，移到樓梯間的轉彎處，然後拿剪刀修剪多餘的根鬚，再用木架支撐半倒的枝幹，這才發覺它已有半人高，而且長得亭亭玉立，枝葉茂盛哩！

到了晚上十點鐘左右，果然花苞漸漸開了，並散發出一股淡淡的迷人幽香，晚歸的鄰人忍不住趨前聞聞花香，頻頻稱讚：「好美好香啊！想不到這株曇花竟長這麼高了，還開花呢！」

而我，則守着這朵曇花由初綻、盛開到凋謝，不但欣賞到那「曇花一現」的絕美容顏，也見証了自然界「適者生存」的不變定律。

之四

那天一早晨曦乍現，我牽着小英的手走到住家附近散步，沿着兒童公園旁的石階走上小山丘，這裡有一座歐式涼亭，周圍林木蒼翠，鳥聲此起彼落，松鼠繞樹上下奔跑，此地彷彿是都市中的桃花源。

由於今年氣候異常，天氣時冷時熱，花序也亂了，到現在桂花還陸續開着呢！小英跑到前面好奇地東張西望，忽見小徑旁的桑樹一陣晃動，她指着樹上叫道：「那是什麼鳥？好漂亮呀！」

「噓……小聲一點不要驚擾牠，那是五色鳥。」我有意外的驚喜。

「為什麼叫五色鳥？」小英壓低聲音問。

「妳仔細數一數牠身上的羽毛有幾種顏色，就知道了。」小英在家自學，我想這是機會教育，不可錯過。

我倆躡手躡腳的走到桑樹近旁的涼椅上坐下來，我要小英盡量不出聲，以免嚇走了鳥兒。這座獨立的小山丘只有三十多公尺高，登山客不屑一顧，不良於行的老者又上不來，因此遊客稀少，可卻是我心目中的後花園。此刻，除了我倆外並無他人，也許四周太安靜了，那隻五色鳥旁若無人的在桑樹枝椏間，尋尋覓覓找蟲吃。

「我數過了，真的有紅、黃、寶藍、青綠、白，五色耶！」小英興奮的站起來又坐下說：「這鳥太美麗了，我好喜歡！」

「小聲點，不然牠就飛走了！」我知道孫女一向活潑好動。

那隻五色鳥一會兒跳上一會兒跳下，每當啄到蟲兒就停下來，仰起頭囫圇吞下，牠總共吃了四、五隻蟲，有時候還可以看到白胖的蟲兒在鳥嘴邊扭動、掙扎。小英看得目瞪口呆喃喃自語：「牠怎麼一下子就找到那麼多隻虫呀？」

「因為『早起的鳥兒有蟲吃』嘛！」這活生生的教材一經提示，相信孫女應該懂得。

其實，我倆也是因為早起，才有機緣近距離的觀賞到大自然中，鳥兒自由自在的生活作息，這和人們飼養的籠中鳥大不同。

有趣的是這隻五色鳥吃飽了，就停靠在枝幹上縮起脖子小睡片刻，醒來之後，屙了兩坨屎，對着陽光拍拍翅膀，用嘴梳理羽毛作一番日光浴。然後，站在枝頭啼叫兩聲，一付吃飽睡足、滿心歡喜的模樣，接着張開雙翅，朝我直飛過來，在與鳥兒眼光相遇的一瞬間，感覺那是友善的招呼呢！我本能的一低頭，牠已飛入後方的密林裏去了。

貓事二則

昔日的家貓

從前一般人家養貓，偏重牠的實用價值，貓吃的是殘餘飯菜，也很少得到主人特別關愛的眼神。現在的人養貓則當寵物，貓兒不但有專用的食品，還定期送到獸醫院給牠修剪毛髮、洗澡、打預防針等等，對貓的照顧可說無微不至。

在那個還沒有紗窗紗門的童年時代，家住台中鄉下，四周都是稻田、菜園和竹林，土埆厝老鼠多，左鄰右舍幾乎都養貓防鼠。我家原本不養貓，後來老鼠猖獗到連掛在牆上的衣服也咬破了，才不得不養貓。

母親跟親戚要來一隻花貓，我們隨口叫牠阿花，牠初來乍到喵喵叫了兩天，便開始發揮狩獵的本能。阿花毛色斑駁，體型瘦長，看到獵物就雙肩聳起，眼露兇光，那模樣一點都不可愛，因此，日常只要牠靠近我的腳邊磨磨蹭蹭，我總是一腳把牠踹開。母親往往瞪我一眼說，女孩兒家不該「以貌取貓」，她認為不管是白貓黑貓，會捕捉老鼠的就是好貓。

自從阿花進駐我家後，鼠輩們聞聲色變，有的急急搬了家，有的逃不過貓的利爪，眼見阿花日漸壯碩，而老鼠却變少了。阿花非常有耐性，牠可以瞪大眼睛靜靜守候在老鼠經常出入的洞口，半天動也不動，等到鼠影一現，牠快如閃電般的飛撲上去，口叼着吱吱哀叫的老鼠，跑到屋外的樹叢中去。雖然，我未曾親眼目睹那血淋淋的鏡頭，但，想像中的場景，不免浮現於腦海中，一時忘了老鼠的可惡，反而心生不忍。母親說，貓是老鼠的剋星，並強調那是自然界弱肉強食、物競天擇的生存法則。

母親一向體弱多病，冬天特別怕冷，阿花喜歡挨着母親的床尾打盹，自然成為母親寒夜取暖的「火籠」，人、貓之間的感情，隨着時日的增加而滋長。一天兩頓蕃薯籤飯拌點兒撕碎的四破魚，是阿花一成不變的食物，牠不嫌家貧，終年盡忠職守，守護着屋裏屋外，可是終老時，仍脫不了鄉下傳統的風俗，「死狗放水流，死貓吊樹頭」的宿命。

不知是傷感，還是怎麼的，從此，母親不再養貓了。

與貓有約

那年到美國加州矽谷探望尚未成家的么兒，我看他獨在異鄉，又剛由紐約搬到加州不久，人生地不熟，生活難免孤單寂寞，便決定多留一段時間陪陪他。

白天兒子上班，我獨自在家寫寫稿或上超市買東西，用完午餐，美美地睡個午覺。我喜歡樓下臥室那面大玻璃窗，因為後院有高大的松樹，圍牆邊有成排的夾竹桃花開燦爛，近窗的蘋果樹結實纍纍，那是緊貼在大玻璃窗上的美麗圖畫！

加州的秋天已薄有寒意，我愛拉開窗帘讓陽光照進來，把被窩曬得暖暖的。有一天午睡，矇矓中感覺窗外有雙眼睛往裏窺視，我嚇醒了一看，原來是一隻眼眸中帶着一抹藍的大灰貓。牠定定地看了我好一會兒，此後，這隻大灰貓好像與我有約似的，每天午時一過，牠就來到蘋果樹下睡大覺（差不多是我的午休時間），睡起來伸伸懶腰，望望窗裏的我，才施施然離去。

日子一天天過去，我似乎已習慣有大灰貓為伴的午後時光。有時候我出去大半天，回來竟看到牠還在後院窗前徘徊不去；如果，那天牠跚跚來遲或不見蹤影，我也會感到若有所失，甚至連午覺都睡不安穩。

「兒子，這是誰家的貓呀？」我問。

「不知道，我想應該是附近人家養的貓。」兒子笑着說：「媽，有貓兒自動來和妳作伴，不是很好嗎？」

說的也是，女人膽小，我一個人守着這偌大的庭院，總感到有些不安呢！然而，時間轉眼過，我返台，與貓無聲的約會自然中止了。而今，時過境遷，偶爾想起那隻眼眸中帶有一抹藍的大灰貓，心中便有一股暖流湧現，就像加州秋天溫煦的陽光叫人懷念！

阿奇力斯與我

不久前看了「特洛伊——木馬屠城記」，這部電影的男主角阿奇力斯是位驍勇善戰、萬夫莫敵的英雄，卻被特洛伊的小王子帕里斯射了一箭，這一箭正中他的足踝，那是他全身唯一的弱點，因而陣亡。

據古希臘神話故事記載，阿奇力斯是海之女神蒂地絲的兒子，為了要使阿奇力斯擁有刀槍不入的不朽之身，剛出生，蒂地絲就帶他到地獄的斯地克斯聖泉，用手倒提著他的足踝，將全身浸泡在聖泉裏，可是忘了浸泡足踝，足踝便成為他的致命要害。

十月初我到希臘、土耳其旅遊，那天到司尼恩岬的海神神殿參觀，這座神殿是紀元前的建築，而今只剩下幾根巨大的圓柱兀立於斷垣殘壁之中。海神神殿濱臨愛琴海，這一帶海域船隻稀少，海水顯得特別藍；秋日艷陽高照海面上籠罩著淡淡的輕霧，這樣美麗的風光令人久久不忍離去！

也許希臘神話太迷人，我又置身於眾神的國度，於是，海神波賽頓、海之女神蒂地絲、阿奇力斯……，一一浮現在我的腦海裏，好笑的是每次想到阿奇力斯，我就連想到發生在我身上的一件事。

記得小時候，母親幫我洗澡，常檢視我渾身上下之後鬆口氣說：「好加在，好加在！」這話我不懂，也不會去問，等到我懂得愛美、愛照鏡子，才發現胸前有一塊凸起的小疤，左手肘另有一長條火紅的大疤。母親告訴我，在我幾個月大會爬會站時，有一天祖母來我家，母親邊準備飯菜邊和祖母話家常，我可能口渴不會說，自己爬到桌邊扶著桌腳站起來，用手去搆熱水瓶，整瓶剛燒好的開水就從我的脖子倒下去。

這樣嚴重的燙傷，嚇得母親手足無措；我的慘叫聲引來了左右鄰居；有的拿醬油，有的找肥皂，大家忙成一團，祖母突然請人幫忙把臥室裏半馬桶的尿抬出來，叫母親抓住我的手臂，將我的身體浸泡在尿液裏。我哭叫得更慘烈，也掙扎得更厲害，浸泡過後，連忙送醫急救。

醫生搖搖頭，說我除了一顆腦袋外，全身幾乎體無完膚，不肯收留。後來在母親苦苦哀求下，醫生勉強給我塗抹藥膏，表示盡盡人事，並要母親把我抱回家自己照顧。

沒想到我這個連醫生都放棄醫治的小娃娃，竟然奇蹟似的活了下來，而且好得很快，只有左手肘和頸下前胸，因為掙扎沒有浸泡到尿液，拖了很久才結疤，其他部位的皮膚沒有留下絲毫疤痕。許多年後，舊疤依然在，但已平整沒有原先那麼明顯難看了。

母親偶爾回想當時的情況，認為是那半桶尿救了我。據祖母說，「尿療」是老輩人口耳相傳，我呢，因緣巧合成了試驗品，不然，在六十多年前醫藥不發達、醫療設備也不足的年代，緊急之下，又能怎麼辦呢？

我常常感謝上蒼，那瓶滾燙的開水，沒有燙傷我的頭臉，讓我保有一張甜美的笑容，否則，可能改變了我的一生。話說回頭，聖泉給了阿奇力斯不朽之身；尿液則還我一身完好的肌膚，古人和今人似乎有那麼一丁點兒異曲同工之妙，想到這裏，不禁莞爾。

深情紀事

自從搬到新居後，兒子就把電視線路給拆了，他說：「我已經給爸媽訂了世界日報，因為電視節目充斥色情、暴力，對孩童人格發展有負面影響，所以我們平常不看電視，周末才去租對身心有益的錄影帶給孩子看。」媳婦在一旁解釋：「家中三個孩子還小，不看電視後比較愛看書、畫畫和運動，我擔心五花八門的電視節目孩子不會篩選，電視上任何角色可能成為孩子模仿的對象，電視無形而強大的感染力，甚至遠超過父母、師長對孩子的影響呢！」

我完全認同並配合兒子和媳婦的作法。沒電視看有些不習慣，生活中好像少了點什麼似的，我一向閒不住，平常沒事也要找點事做感覺生活才踏實。因此，我每天黎明即起，灑掃庭院，或修整園丁漏剪的樹枝、瓜果，或摘幾個葡萄柚製作果汁。

有天我掃完地看到籬邊的涼椅，陳舊黯淡，已失去原木的色澤，便跑到工具室找來刷子和油漆，捲起衣袖，把涼椅粉刷一新。兒子下班回來見了眼睛一亮：「媽，您把涼椅漆成白色，真好看！」可不是，那張雪白的涼椅，使得整個庭院都變亮麗了。

用過午餐，我喜歡倒杯自製的葡萄柚汁，由書架抽本書，推開紗門走到後院的平台，把杯子放在矮几上，脫下鞋子斜靠在躺椅裏。加州午時燦爛的陽光，把花草樹木都染上一層淡淡的金色，空氣中瀰漫著各種植物混合的清香，我往往在閱讀中不知不覺打起盹來。

矇矓中，依稀有微風在耳邊低吟，有時又傳來陣陣松濤聲，冷不防，手中的書本掉落地上。睜開眼，看到院中的槐樹開著淡黃色的小花，飄落如雨；高聳的雪松上，有鳥兒在枝葉間跳躍鳴唱；而近旁那一大叢粉白帶紅的蝶形小花，散發出絲絲甜香，招引一群群的小蜜蜂流連花叢，終日嗡嗡，我就這樣時醒時睡渡過美好的夏日時光。

日頭偏西是一天中最熱鬧的時刻，孫兒孫女從才藝班、幼稚園回來，嘰嘰喳喳搶著喝點飲料，便直奔車庫搬單車、滑板，騎著環繞院中小徑追逐嬉戲，夕陽下，活潑可愛的身影，晚風飄送天真的笑語，是平凡生活快樂的泉源。

夜晚我在廚房煮咖啡，兒子走過來微笑著說：「媽，您又要到院子裏看星星？」「是啊，月亮也快圓了呢！」我回答。「奇怪，每天看星星、月亮怎麼看不…」兒子邊咕噥著邊幫我端咖啡拿外套到後院，有時會坐下來和我聊一會兒天，不過，大多陪他老爸在起居室看報、談論時事什麼的，這一點貼心讓我感到很安慰。

住在這個為了保留西部原始風貌，而不裝設路燈的小城，夜晚院子裏顯得特別寧靜幽暗，滿天星斗則異常美麗燦亮，還常見流星劃過天際。人們賞月，尤其是月圓之夜，但，不知有幾人像我痴痴地由上弦月、滿月看到下弦月？

獨坐星空下，觀星賞月，任由思緒的翼子隨著星兒、月娘遨遊於宇宙間，那是一種很美很美的心靈盛宴！我想，沒有電視可看，生活回歸到素樸單純，一樣可以勾勒出幸福的畫面。您說是嗎？

秋日瑣憶

去年秋天，我趕在兒子搬家前到美國舊金山灣區，兒媳忙著清理衣物和打包，我則幫忙照顧三個淘氣的孫兒孫女，也兼打雜，沒事就去後院瞧瞧那幾棵我親手栽種的果樹。我在這裡看著兒子成家立業，立足他鄉，每當兒媳生下一個孩子，我就買一棵果樹苗來種，三個孩子三棵果樹，雖然，還矮小，但，枝葉茂盛，結實纍纍；黃的檸檬、紅的柿子、小巧櫻桃，讓人見了好生歡喜！

另外那棵原有的無花果樹，壯碩的枝幹，繁衍成一大叢，盤據在庭院的一角。還有一棵蘋果樹，花美果大是臥室窗外的美麗風景。如今，一旦要搬離此地，房子也將易主，我心裡自是依依不捨。

時序甫入十一月，整個社區的街邊樹，彷彿在一夜之間全變紅了。站在門前一眼望不完，深深淺淺，層層疊疊，炫麗繽紛的秋色，我常偷閒徘徊在社區的街邊樹下，想把這裡的一草一木銘刻在我的腦海裡，留作他日美好的回憶。

懷著對舊居的深深眷戀，般到另一小城的新居，忙碌數日，家事抵定之後，我迫不及待的睜著好奇的眸子，利用清晨散步時，去認識新環境。走遍新居附近的大街小巷，發覺這個五十多年的老社區，盤根錯節的老樹，比比皆是，家家戶戶前後都有大庭院，而且花木扶疏，整潔美麗。比較特別的是有的房子蓋在三、四根巨大的樹幹之間，恍如童話故事中神秘的小木屋；有的房子除了門窗和出入的小徑外，幾乎被厚厚的落葉所淹埋。

這個小城令人印像最深刻的是沒有路燈，一般道路、社區，到了夜晚路上都是黑漆漆的（快速公路除外），感覺很奇怪。起初我不大習慣，這好像又回到台灣六十年前的鄉下，那沒有電的年代似的，小城為何不裝設路燈呢？據說，是為了要保留一些從前西部、自然原始生活的風貌。我想，或許這是生活在科技發達的現代人所嚮往的吧！

* * *

像趕赴一場企盼已久的盛會，趁著天剛矇矇亮，旭日東升之前，我獨自走出家門，沿著社區外環的道路，穿過公園，又走一段路，來到秋後的玉米田。啊！野雁果真沒有失約，又在這個季節出現了。估計有百隻左右，這麼一大群野雁，隻隻大如鵝，偶被驚起，飛上天空，可以蔽日呢！

秋收後的玉米田，總有些玉米遺落在田地裡，成為過境野雁的美味佳餚，這時也是人們觀賞雁兒的最佳時刻。只聽此起彼落的啄食聲，有的伸長脖子嘎嘎唱幾聲清歌，有的拍拍翅膀追逐嬉戲，若察覺有人走近或汽車行進的音量太大，雁兒便一飛沖天，在空中盤旋，看看沒有動靜，才又回到田裡繼續覓食。

野雁飛來僅短短數日，田裡遺落的玉米差不多啄食殆盡，就轉移陣地，消失蹤影了。在野雁飛來的那幾天，我喜歡守候在玉米田邊的樹下，靜靜觀賞雁兒的千姿百態，這時的我，常回憶起兒時我家鄰近的稻田裏，每在稻子收割後，母親叫喚我趕雞鴨到田裏，撿食掉落的稻穀，那情景和眼前的玉米田是多麼相似呀！只是，童年的我，打著赤腳追趕雞鴨，在田裏跑來跑去，而自己飼養的家禽，卻一點兒也不怕我哩！

與我有相同喜好的是一位陌生的洋朋友，他比我更早到，躡手躡腳的支起三腳架，把鏡頭對準雁群，一邊拍攝一邊作筆錄。這附近早起的人們，開車打玉米田周邊的道路經過，怕驚擾野雁，都會自動的把車子開很慢很慢，這樣祥和美好的畫面是很動人的。

＊　＊　＊

用過晚膳，外子和我沿著人行道，踩著落日餘暉，繞社區一周，這是在美期間的生活習慣。路上有人牽狗，有人跑步健身，有人推著嬰兒車，不管是洋人、華人、印度人……，錯身而過的當兒，都含笑打聲招呼氣氛融洽。水果成熟時，社區裏一、二人家門前放一大籃鮮紅蘋果，籃邊立一紙牌上寫：親愛的鄰居，這是我們自己種的蘋果很甜哦！希望與你分享。我家右鄰前院有兩棵青蘋果，每年總不忘摘二大紙袋放到我家門前，按一下鈴，等不及我開門道謝，就走了；路口那對日本老夫妻，屋旁一棵大紅柿，味甜、果大，最得鳥雀的青睞，為了保住一樹完好的果實，他倆不辭辛苦的把廢棄的光碟片，一一懸掛在枝椏間，風吹亮光閃動，嚇走了鳥雀。因此，每當我品嚐到他倆贈送的紅柿，心裏倍感溫馨。

剛搬到另一小城，由於我對新環境的陌生，心中總有些許不安，沒想到搬來當天，就有一位老美過來表示歡迎和我們做鄰居，並問是否需要幫忙。這位精神抖擻的老先生，住在我家隔壁的隔壁，次日一早，我在前院打掃落葉，他從我家門前人行道經過，順便送來一份當地社區報紙，一連數日皆如此，雖然是舉手之勞，但，也有濃濃的人情味。

又一日清晨，我獨自到附近的住宅區去散步，我喜歡那條清淺的小溪，蒼翠的樹林和可愛的木屋，看得正出神，突然「嘎」地一聲，一部轎車停在我身旁，車窗出現一張東方面孔：「請問，妳是華人嗎？」

「是的，你……」

「我是送報生，」他友善地笑道：「送妳一份世界日報。」

「不……不好意思。」

「同是華人嘛！一份報紙不算什麼。」他誠懇的說。

我不由自主的伸手接過報紙：「謝謝！」

「不客氣。」他揚揚手走了。我望著他絕塵而去的車子楞了半晌，心裏咀嚼著「同是華人」這句話。

老舊的餐桌

我家有張老舊的餐桌，是當年兩位同眷村的好姐妹，送我舉家北遷入住新屋的賀禮。這方桌兩邊可拉開成長桌，光亮潔白的桌面有朵朵粉紅的薔薇彩繪，雅致而美觀，日常三餐、家人團聚、節慶祭祖都少不了這張餐桌。

從前我常在家裏宴請親朋好友，或留外子的袍澤便餐，就連當年大兒子就讀國防醫學院的同學，也三不五時來舍下小聚，這些年輕小伙子，每到我家就像是回到自己的家，往往把滿桌菜餚一掃而光，我看着高興，早忘了做菜的辛勞；最難忘么兒二十歲生日那天，他邀請了一票他台大的同學來家裏慶生，我則準備了十大盤菜餚外加一大鍋湯和點心、水果，採自助式用餐，各自端着盤子在客、餐廳自由走動，餐後，彈吉他、唱校園民歌，好像是場快樂小型的演唱會。

那時我正跟一位前輩畫家學國畫，我的書桌雜物太多又不夠大，便在餐桌上鋪條舊毛氈，再搬來筆墨、畫稿，攤開宣紙，臨摹習畫；而外子退伍後，負責編審一份專業書刊，不知怎麼的，竟把餐桌當書桌使用，喜歡在此寫稿看稿、或書寫信函什麼的。

三十年歲月轉眼過，孩子們早已成家立業，各自東西，我也擱下畫筆多年，而當年送我這張餐桌的眷村好姐妹，其中一位因病離開人世了。

如今，這張老舊的餐桌，桌腳有些搖晃不穩，桌面花色剝落，已失去原來的明亮光澤。雖然，家人一再要我汰舊換新，但，我心中一直難以割捨。因為，這張餐桌隱含了眷村姐妹的友情，以及許多點點滴滴美好的回憶！

傳承媽媽的口味

一個時代有一個時代的生活背景。台灣光復初期，社會經濟蕭條，民生物質匱乏，那時我家生活貧困，母親常常發愁沒錢買米買菜，因此，每年趁農產品豐收，物美價廉時，各買進幾簍筐的蕃薯和青白色的瓜。

蕃薯堆放在床舖底下，遇有空閒就拿出來刷洗乾淨，刨成絲、曬乾裝進麻布袋收藏，每天取些混合米煮成蕃薯簽飯；ㄢ瓜全部直剖成兩半，用湯匙挖去瓜瓤，一部份塗抹粗鹽醃數日，曬成瓜脯；另一部份則一層瓜一層味噌(黃豆醬)，醃在口小肚大的罈子裏，和其他醬菜罈排列在屋簷下，供長年食用。

在那個年代，除了逢年過節有雞鴨魚肉吃，或初一十五母親會買塊豬肉，拜土地公順便全家打打牙祭外，平常餐桌上，總是醬瓜、豆豉、豆腐乳之類自製的醃漬物。雖然「巧婦難為無米之炊」，但，窮則變，變則通，母親在籬邊牆角栽種九層塔、朝天椒，方便隨時添加食物的美味。而我常在放學後，到田裏河溝摸半袋蛤蜊或田螺回家，母親就到籬邊摘一把九層塔，拍碎五、六瓣大蒜，花生油、醬油各一匙，大火快炒便是一盤鮮香的佳餚。

即使只有一小碗豬油渣，母親加上朝天椒和大蒜末，炒瓜脯丁、豆豉，也能變成兩樣下飯的佳餚。另外還搭棚種絲瓜，當瓜藤爬滿棚，黃色的絲瓜花迎風招展時，母親摘下那些不結瓜的花，並把一朵朵洗淨的花兒裹上麵糊，下鍋油炸，那是我最喜愛的美食，還有百吃不厭的絲瓜麵線湯呢！母親巧手製作的糕餅、粽子、糯米腸⋯，看似平淡無奇，吃起來卻有一種形容不出的好滋味，也許這就是媽媽的口味吧！

我從小耳濡目染，也經過母親的指點，自然傳承了母親做菜的手法，她老人家常說，料理菜餚要用心，用心才會做出好吃的菜來。下面端出四道菜，或細火慢燉，或大火清蒸，都是閩南菜餚特有的鮮美清淡口味。

瓜仔肉丸

材料：後腿豬肉一斤、醬瓜二塊約六兩。

佐料：不去皮蒜頭六瓣、醬油兩湯匙、糖一湯匙。

做法：1、豬肉細切粗剁（可用絞肉），醬瓜洗淨切細丁。2、醬瓜丁放入剁好的肉末裏用筷子順時鐘方向攪拌，再做成一個個拳頭大的肉丸。3、鍋內注入兩飯碗水，煮沸後放入肉丸，等肉丸變色續加入醬油、糖、蒜頭，轉小火燉四十分鐘即可食用。

苦瓜鑲肉

材料：苦瓜兩條、絞肉半斤、青蔥一支、薑兩片、太白粉一茶匙。

佐料：鹽二小匙、鮮雞晶少許。

做法：1、苦瓜洗淨切成四公分大的圓塊並挖去瓜瓤備用。2、蔥、薑切成末和太白粉加入絞肉裏攪拌，再分別塞入苦瓜內。3、將苦瓜一一排列入鍋裏加水蓋過苦瓜，入鹽和鮮雞晶。4、用電鍋蒸約半小時開關跳上續悶片刻，即可端上桌。

炊活蝦

材料：河蝦或養殖蝦十二兩、蔥五支、老薑一塊、紅辣椒一個。

佐料：油一小匙、鹽二小匙、酒二湯匙。

做法：1、蝦洗淨撈起入酒備用。2、蔥切段，薑切片，辣椒切粒。3、熱油鍋入半醉的活蝦，把鹽、蔥、薑、辣椒鋪上，蓋鍋蓋，中火炊煮十分鐘汁收即可。

蒜蒸福壽魚

材料：五指寬的福壽魚一尾(也可用尼羅河紅魚)。

佐料：蒜頭半碗、鹽二小匙、醬油一湯匙、檸檬汁數滴。

做法：1、福壽魚宰殺洗淨（可請魚販代勞）裏外塗抹鹽，置放盤中醃片刻備用。2、蒜頭去皮切碎一半塞入魚肚裏一半鋪在魚上，滴入檸檬汁。3、大火蒸十五分鐘起鍋前淋下醬油即可。

小品三則

一隻青蝶

那天在站牌邊的遮雨棚下，等候烏來往台北的客運車，周末新烏路上各種大小車輛，熙來攘往，熱鬧非常。

我邊等車邊閒看路邊山壁叢生的野草花，蜜蜂、金龜子和一隻小小美麗的青蝶在草叢裏，忽左忽右覓花蜜。陣風吹來，忽聞一股淡淡的幽香，抬頭往香氣的來處望去，對面社區大門外，有株五彩茉莉正綻放着粉紫、淺白的花朵，許是花香的誘惑吧，那隻小小青蝶忽轉個彎，如同飛蛾撲火似的橫衝過馬路，這時，一輛遊覽車急駛而過，所旋起的強風把牠捲入空中，幾個翻滾跌落地上，一動也不動。

「這青蝶會不會摔死了呢？」我心懸着，定睛看去，牠薄薄的雙翼微微地顫動，我急轉身伸手摘下路邊樹的葉子，打算把牠撥移到旁邊的草地上，救牠一命。就在這當兒，轎車、小貨車一輛接着一輛風馳電掣的過去，完全無視於這微小生物的存在，風起塵沙飛揚中，依稀看見牠小小的身影，時而撲跌在車窗上，時而如落葉般飄在半空中，直到牠在我的眼前消失踪影。

我心理有些悵然，兩眼在車過處尋尋覓覓，想找那被車碾過的蝶屍，然而，連一丁點痕跡也沒有。牠可能被車輪捲走，也可能被強風吹得不知去向，或已粉身碎骨，我正胡亂猜測之際，偶一抬頭，卻驚喜的發現那隻青蝶竟已飛到對面車道，在眾多車子的夾縫中，屢仆屢起，飄忽有若飛絮，我情不自禁的暗中叫道：「加油，加油！」

那青蝶幾次瀕臨險境，仍奮勇前進，終於抵達五彩茉莉花樹上。我無意中目睹這一幕，深受感動之餘，不由想到近年來社會上有些人，遇逆境、受挫折，便沮喪頹廢，甚至有輕生的念頭，果真如此，那麼不妨想想這隻小小青蝶，牠不屈不撓的精神，或許能反躬自問，而走出人生的低潮。

烏衣巷

朱雀橋邊野草花，烏衣巷口夕陽斜。
舊時王謝堂前燕，飛入尋常百姓家。

唐代劉禹錫這首「烏衣巷」，應是撫今追昔的詩作，今人讀之依舊動人心弦，並深深引起我的共鳴。

遙想東晉時期的朱雀橋邊，人來人往，熱鬧非凡，而居住在附近烏衣巷內的王導和謝安兩大家族，子弟皆穿烏衣進出此巷，是當時炙手可熱的權貴。然而，到了唐朝，繁榮早已落盡，朱雀橋邊野花閒草一片荒蕪；烏衣巷口夕陽斜照，冷清悽涼，便是王謝兩家廳堂前呢喃的燕子，也都飛到一般人家的屋簷下築巢去了。

經過一千多年的歲月，有一天我來到六朝古都——南京，特地走到烏衣巷口，卻無從尋覓朱雀橋邊的野草花，也看不到尋常人家樑上燕子築的巢，只好悵然佇立在王謝古居前，獨對那千古不變的夕陽黃昏。深感人類由古至今，每當改朝換代之後，幾乎都有類似「烏衣巷」這首詩作中的景物和人事出現，或許這就是歷史演變的宿命，也是現實人生的寫照吧！

國寶樹

秋日，往柬埔寨吳哥窟的路上，綠樹成蔭，馬路邊的樹蔭下，常見一個金雞獨立型的簡單木架，上面擺著一條條用棕櫚葉包裹的棕櫚糖出售，看起來非常有特色，忍不住要司機停車過去瞧瞧。

原來，沿路的高腳屋周邊種了許多棕櫚樹。據當地居民告知，這種樹全株都有用途：較嫩的樹葉，編成斗笠可遮陽；老葉纖維粗硬不易折斷，可蓋屋頂、牆壁，是柬埔寨人常用的建築材料；樹的主幹（以六—八年生的才夠粗壯），從中間劈為兩半，再挖空成獨木舟，作為雨季沼澤地來往的交通工具。

每當棕櫚樹開花時，在花冠的部位會生出一長莖，聰明的柬埔寨人，先在它的頂端拿繩子輕輕一束，繼而在它的底部用刀割一小裂口，再拿圓竹筒接住緩慢流出的花汁。花汁可當飲料或加某種植物發酵成啤酒，也可倒入大鍋內，用柴火慢慢熬煮成濃稠的糖漿，經冷卻凝固後，切塊製成棕櫚糖，除了自用外，還在自家門前擺攤賣給路過的觀光客，賺點小錢補貼家用。

棕櫚樹的用途幾乎包括了食、衣、住、行人生四大要件，所以，貧窮落後的柬埔寨人，稱它為國寶樹。

五月的風

五月的風輕輕吹送，忽然想起母親節又到了。

母親離開人世轉眼已十八年，我並沒有因時日久遠，對她老人家的思念變淡，反而常想起她生前種種……。從前我家很窮，可以說貧無立錐之地，物質生活非常匱乏，偶有鄰人送點吃食或親戚拿些舊衣來，母親都欣然接受還不忘人家的恩惠。

後來家境改善，母親自奉仍甚儉，捨不得吃好的穿好的，倒是遇有機會就去幫助貧困的人。母親晚年衣食更簡單，她喜歡撿我的舊衣服，穿我的舊衣，讓她感覺我這個無法經常承歡膝下的女兒，好像就在她身邊一樣；子孫輩去看她塞給老人家零用錢，或帶盒點心什麼的，她都笑得合不攏嘴，顯得很滿足很快樂。

平凡的母親，沒留下什麼給後代子孫，有的只是平凡生活裏的點點滴滴。印象最深刻的是她凡事抱着希望、知足常樂、熱心助人的生活態度。

母親一生多病痛，常年輾轉病榻，可說是個藥罐子。很多人久病厭世，而母親，即使病到奄奄一息，求生意志仍很堅強。記得我六歲那年，母親氣喘病發作，病到氣若游絲，只剩胸口一點餘溫，那時醫藥不發達，請來的中醫把完脈，搖搖頭要父親準備後事，沒想到母親昏迷三天又悠然醒來，睜開眼第一句話是不想死，她要看着兒女長大。也許有希望、熱愛生命，便能產生力量對抗病魔，所以，母親雖體弱多病，却能享高壽。

早年的女性很少有機會受教育，母親斗大的字認不了幾個，可她人很聰明。從前我家左鄰有位八十多歲的老阿婆，丈夫早逝，只生一女，又抱養一子，僅靠收租茹苦含辛的養大一雙兒女，女兒出嫁，養子娶了媳婦，本以為後半生有靠，誰知媳婦欺她眼盲、纏足，行動不便，每餐用個破碗裝點飯、蘿蔔乾、和菜梗給她吃，可憐阿婆嘴裏沒三顆牙，怎麼嚼得動這些食物呢！只能用牙床磨幾口飯嚥下去，苟延殘喘。

母親曾規勸阿婆的媳婦，她不但不聽勸還怪母親多管閒事。那年過春節，阿婆不小心摔破了碗，她媳婦正待破口大罵，巧被母親撞見，趁機說：「阿婆，好可惜的碗呀，不然留着將來還可以給您媳婦用呢！」

阿婆的媳婦聽了一愣，不言不語就走開，此後，對待阿婆的態度變了，三餐有稀飯和煮軟的菜餚。阿婆的日子好過多了，私下總稱讚母親「真巧」。這些往事儘管已久遠，回想起來仍歷歷在目，永難忘懷！

那鄉居美好的日子

之一

二十年前，兒子在北市近郊燕子湖畔的社區，買了一棟渡假小屋，他和媳婦工作忙碌很少去，倒成為我寫作或和孫兒遊山玩水夜宿之所。冬天湖畔風寒，氣溫比城裏低兩度，夜晚時常冷得顫抖；夏季湖面吹來陣陣和風，涼爽舒適，所以常來避暑。

社區有座露天游泳池，白天池水被驕陽曬暖了，夜晚天氣雖然有些兒涼，但泡在溫暖的池水中，如同冬天泡溫泉，因此孫兒與我都喜歡夜泳。本是旱鴨子的我，在游泳池裏泡久了，便無師自通的學會了游泳。

我特別喜歡在月兒高掛或星光燦爛的晚上夜泳，社區夜泳的人很少，幾乎只有我們祖孫倆。上幼稚園中班的孫兒，小小的身子面朝天躺在泳圈上，手指着天上的明月猜想：月亮裏那片陰影是嫦娥住的宮殿？那個小黑影是玉兔在搗蔴薯？或望着滿天星斗，數着那永遠也數不清的星星……。孫兒編織着彩色的童年夢，我則一邊划着水，輕輕推動泳圈，自由自在滿池游走；一邊仰望神秘的星空，尋找星座的方位……。於今，歲月悄悄地流逝，孫兒長大了，而那無邊的月色星光，與童稚笑語為伴的池畔快樂時光，已無從尋覓！

之二

那年初夏，湖岸長堤有一段石砌邊坡，零星長了一些牽牛花，這是台灣山野間常見的爬藤植物，由於太普遍，引不起人們的注意。

有一天早晨我到湖堤上散步，看到湖堤邊坡的牽牛花已繁衍近五十公尺長，紫藍色的花朵開得如火如荼，形成一條美麗的綠色花道。令人驚艷的是不知打那兒飛來大群鳳蝶，色彩斑駁、艷麗的鳳蝶，時而駐足花上吸食花露，時而翩翩起舞；環顧堤岸下湖水碧幽幽，流水聲潺潺，堤岸電線桿上的麻雀、烏秋、白頭翁，鳥聲此起彼落，這樣寧靜美好的景色，想與孫兒分享。

次日一早叫醒尚在沉睡中的孫兒，他睡眼惺忪的揉着眼睛嘟噥着：「人家還想睡嘛……」我哄着他說：「等一會看過蝴蝶，我帶你去屈尺街上吃早餐。」

「真的有大蝴蝶嗎？」

「有呀，你看了就知道，」我拉着他：「快走吧！要不，太陽爬上山頭蝴蝶便飛走了。」出了社區走上湖堤，遠遠看到那片石砌邊坡的牽牛花，朵朵含着露水，大隻鳳蝶此起彼落地飛呀飛，孫兒眼睛一亮笑着往前邊跑邊叫：「哇…好多大蝴蝶哦！」

孫兒走近前，隨便一伸手，就有鳳蝶停在他胖胖的手背、手肘上，他興奮地又像數星星般的數起蝴蝶來。然而，蝴蝶飛來飛去總也數不清，但，卻是我見過最多的鳳蝶群。

曾幾何時，湖堤邊坡爬滿的牽牛花，不知被何單位派人鏟除，換栽種澎琪菊，這開着黃色小花的綠化植物，只吸引小粉蝶，再也難見大群翩然的鳳蝶了！

之三

社區依山傍水，建於和緩的斜坡上，登五個台階就到二樓，一樓很像地下室，好在有個露天的小院子。樓下的女主人喜歡蒔花種草，住在二樓的我，由於地利之便，站在陽台上就有花可賞，心中欣喜遇到好鄰居。可惜好景不常，她為了兩個孩子上學、補習方便，搬到市區去了。

從此難得下鄉，日久她家院子雜草叢生，其中一棵野生烏桕更是竄高到二樓，盛夏烏桕樹影婆娑，窗戶和陽台籠罩在深深的樹蔭裏，連室內都涼爽。這片濃蔭並非我獨享，除了三、五成群的麻雀、綠繡眼，飛進飛出；燕子、畫眉鳥的婉轉歌聲，還有夏蟬長長的嘶叫，在這樣幽美的環境中，下筆為文，自然文思泉湧。

入冬，烏桕葉轉黃變紅，天氣越冷越紅得艷麗，若與楓葉、槭樹葉比，毫不遜色。本以為夏天避暑、賞鳥，冬日觀賞紅葉，可以年復一年，未曾想到，有一次強烈颱風過境，在狂風暴雨吹襲之下，烏桕樹的枝椏打壞了沙窗和玻璃，威脅到室內安全，這時，我才驚覺到這棵樹長得太靠近屋子了。

儘管心裏不捨，還是向社區管理員反應，通知一樓屋主把樹砍除。多年來不知怎麼的，仍會想起這棵烏桕樹，或許我心中移除不去的是，那些鄉居美好的日子吧！

乘著「夢想號」出海

大兒子常去東北角的海域潛水，也曾和醫療團隊到偏僻的農、漁村義診，所以對那兒的一草一木既熟悉又親切。

他閒暇時常開車載我和外子，到東北角海邊喝咖啡、賞海景。去年夏天到基隆潮境公園走走，車子順道拐進碧沙漁港，下車去參觀遊艇碼頭，他手指著其中一艘小遊艇說：「媽，我有一個夢想……想要有一艘那樣的小船。」

「要…要船幹嘛？」我愣住了。

「方便出海潛水。」他笑嘻嘻的說。

「別作夢啦！」我以為他只是說說而已。

此後，他總是有意無意的說他的夢想。今夏，我由孫兒口中得知，大兒子去年已和同好合購那艘我見過的小艇，因為怕我嘮叨，不敢說實話。我想買都買了，便不再囉嗦，私底下我戲稱那艘小遊艇為「夢想號」。日前么兒和妹妹回來，全家難得相聚，大兒子提議坐小艇去基隆嶼玩。說真的，我也很想嘗試一下，乘小艇渡海的滋味。

「那就搭乘你的『夢想號』出海吧！」我說。

到了約定的那天，一早由台北到達碧砂漁港辦好安檢手續，我們一行八人準八點上了小艇。負責開船的小江進入船艙，把船緩緩駛出碼頭；兩個大孫子興奮的跑到船頭去；其餘的人分別坐在船的兩側。大兒子抬頭看天氣：「昨天受蘇拉颱風外圍環流的影響，風浪太大不能出海，今天是暴風雨前的寧靜，你們看山那邊雲層稍厚，下午可能變天，我們中午就回去。」

「我帶你們繞基隆嶼一週。」小江在船艙揚聲說。

「太好了，辛苦你啦！」我連忙回道。

平時兒女們因工作天各一方，這會兒在一起有說不完的話。盛夏出海，烈日當空，船尾掀起的浪花，隨著海風吹送潑灑到身上，並不覺其熱，反而有乘風破浪的快感！前面基隆嶼好像一隻浮出水面有頭也有尾巴的大鯨魚，頭部頂端標高一百八十二公尺，上面建有一座太陽能發電的燈塔；山腳下接近海面之處有一、二個黑黝黝的海蝕溶洞；島嶼周邊散佈著幾個寸草不生的岩礁，岩礁上有十幾個不怕風浪、日曬的海釣客，據說，此地還是基隆外海有名的磯釣場。

小艇已繞到島嶼的另一面，大兒子指著一座模樣像烏龜的岩礁說：「這是小基隆嶼，是我潛水的地點之一。」

「這裡是外海，潛水畢竟只是喜好，風浪大你可別出海啊！」我不禁多看了那小小島嶼幾眼。

「放心，我會小心謹慎。」我知道大兒子這話是安我的心。

說著說著「鯨魚尾巴」已在望，這時漸感船身起伏變大，前方橫著一線翻滾的白浪，小艇越靠近，海浪越大，眼看基隆嶼碼頭近在咫尺，卻難於接近。小江看了我們一眼說：「那道長長的白浪是走流，我怕你們暈船，還是調頭走原路去碼頭。」

「什麼叫走流？」我忍不住好奇。

「那是海底板塊的落差，所激起的大浪，在漲潮退潮之際特別明顯，但，也有平靜的時候。」小江的解說讓我長了些知識，真是活到老學到老。小艇調過頭又經過小基隆嶼，只要繞過「鯨魚頭」應該很快抵達碼頭。然而，小艇的速度突然變慢，且搖擺顛簸得厲害，我不免有些驚慌。海上天氣瞬息萬變，來時平靜的海面已起大浪，小艇恍如一片小小的落葉，漂浮在海面上，幾番衝不過那一波波洶湧的海浪，前進不得呀！

這時大家都不說話了，忐忑不安寫在每個人的臉上，大兒子鎮定的說：「基隆嶼位於東海、台灣海峽和太平洋的交會處，風浪大一點，不過，別担心，小江行船經驗豐富，他會有辦法的。」

「我們的船小，吃水量淺，我現在把船再調頭，多花點時間順著走流的邊緣繞過去，沒問題的啦！」小江解釋。我儘量隱藏心中的憂懼，望著起伏不定的大海，腦海裡浮現希臘神話中的海神、中國漁民信奉的媽祖娘娘⋯，在胡思亂想中靈光一閃，我不也有信仰嗎？連忙收斂心神，默默向我心中的神明祈禱平安。

小艇終於抵達基隆嶼碼頭，我手腕上的錶正好九點半。兩個孫兒嘻嘻哈哈跳上岸直嚷嚷：「好刺激⋯好刺激哦！」

「夢想號」停泊於基隆嶼碼頭。

我呢，腿坐麻了，緊繃的神經一放鬆，差點跪了下去。兩個兒子一邊一個攙扶著我上岸，女兒盯著我的臉：「媽，您臉色很蒼白，緊張是吧？」

我點點頭悄聲說出心裡話：「全家坐一條船，太危險了，下不為例。」

「媽，即便心存驚恐，我們總算完成了一趟夢想之旅！」

卷二　旅痕紀事

登七星山、夢幻湖記

去年夏天，我們幾位軍眷姊妹約好一早在陽明山汽車站集合，預定到夢幻湖。當天雖然下著雨，但，還是興致勃勃的冒雨上路。走到陽明苗圃，公路右邊有一涼亭，略作休息，再往亭後山徑行去，到分叉路口有指示路標一往夢幻湖，一往七星山主峯。當時，大家就相約定：秋涼後，再來征服北部的最高山峯。

這一條由陽明苗圃到夢幻湖的登山小徑，坡陡而崎嶇，雨中行來泥濘不堪，處處留神的走到湖邊。這時斜風細雨，雲霧洶湧，放眼望去，一片淒迷，而鄰近的山頭，幾座涼亭，在雲雨中隱隱約約，恍如一幅潑墨山水畫。

碧綠的湖水，湖底幽幽的水韮，湖面縹緲的雲霧，交織成這如夢似幻的景色，是那一位雅士，那麼貼切的點出它的名來？是那一位詩人說：「湖是那樣地淺，甚至對岸的山笑出了聲……。」其實，夢幻湖只是千萬年前的火山口。如今，滄海桑田，湖雖小，但，湖中長的是稀世的植物——水韮，我們該好好的珍惜此一小小的湖泊。

到了十月底，選個秋高氣爽的好天氣，多邀了幾位姊妹，帶上地圖，原路直攻七星山主峯。走的是上次陽明苗圃的登山路線，由分叉路口轉上七星山主峯。

那嶙峋的巨岩上，佈滿黃綠的蒼苔，一不留神，可就是萬丈深淵啊！而纍纍巨岩攀爬不易，手腳並用的走幾步，喘幾口氣，或找塊乾燥的岩石，歇歇腳。小于蒼白著臉說：「好累呀！背包揹不動了，乾脆水壺、傘都拋棄不要算了！」

「那怎麼可以，口渴沒水喝，下雨沒傘打都不行的。」我喚住體力較好的同伴：「美華，妳幫著揹背包，小鄭、小李幫忙拿水壺和傘吧。」

「小于，歇一會兒再走，我陪妳慢慢爬，快到頂了。」我指著山頂給她打氣：「妳一向嬌滴滴的，誰能料到妳也能登上這北部的最高山峯？回家可以向妳先生吹吹牛囉！」

「對呀！我一向不是這裏痛，就是那裏疼的，現在居然也上得山頂了，哈哈！」恢復了疲勞，小于又樂天起來了。

走走停停，停停走走，終於到達山嶺。大家汗濕透背，山風又吹亂了頭髮，個個一副狼狽樣，相顧不禁大笑，笑聲中回望來時艱險的山路，一股征服與考驗的喜悅感充塞心胸，不由忘情的唱和起來，一時歌聲滿山回應！

坐在背風的岩石上休息，縱目四望，數座千尺以上的連峯，好似近在身旁，那強勁的東北季風夾帶著雲霧，急速的繞住了山頭。

也奇怪，這峻秀的山頂上沒有一棵樹木，漫山生長著比人還高的箭竹和草叢。在季風裏，草叢起伏如層層海浪；而每到野生雲筍出土的季節，那一節節如手指般粗的雲筍，是餐桌上新鮮的野蔬。常有登山客順便摘些回去嘗鮮，也有人專於此季山上採筍販賣給餐館。

剝雲筍還得懂得其竅門，不然，那一袋細小的筍，要剝到幾時才夠炒一盤？由於產量不多，季節又短，採摘不易，因此，售價頗高，也只有在陽明山區的餐館，才吃得到這時令的野蔬。

採筍的人，往細細密密的箭竹叢裏一鑽，就失去了蹤影，在這叢叢相連的箭竹林裏，唯有以呼聲來連繫，而七星山又是雲霧的故鄉，當遮天蓋地而來的雲霧籠罩整個山區，白茫茫地一片，分辨不出方向來，難免心中著急，往往在箭竹林裏穿來穿去，就是走不出去，才容易發生事故。若是晴朗好天氣，或起雲霧時，即刻整裝下山，絕不會迷路而發生山難的。

尤其，這幾年政府注重人民的休閒活動，花下人力、物力，把山區的道路，整修得路跡明晰而安全。如：山頂或分叉路口，一定有指示路牌，往東或往西，一目了然，不致迷途走錯方向。

午後，雲層翻湧氣候變冷，夾克、頭巾、手套齊出，仍覺檔不住寒意。於是，打開地圖判定方向，預備爬上七星山東峰，再由東峯下夢幻湖，取道陽金公路回台北。

這一條路線也是險峻的陡坡，但是比原路回要安全些。俗語說：「上山容易下山難」，我是深有同感，上山是體力和耐力的考驗，下山得步步為營，若有個閃失，可也是「一失足成千古恨了」。

再到夢幻湖，與上回所見景色完全不同，一晴一雨，兩種感受。

那蔚藍的晴空下，草坪是綠得那麼誘人，這會兒四野又無別的遊客，只有我們一夥女伴。於是把背包一解，及時幕天席地的承受這暖暖的秋陽，淡淡的草香，而亭邊那一大片深紫色的野牡丹，開得那麼地穠艷，這秋陽、草香、穠艷，又是此地另一幅秋之山野畫。

而夢幻湖在這枯水季節裏，湖面更小了；移去了遮面的雲紗，夢幻湖只成為我夢寐中的夢境！

擁抱大自然

之一

是都市生活的腳步太緊湊，抑或是案牘勞形的壓力太大？不然，何以人們一投入大自然的懷抱，即感無拘無束，輕鬆愉快！

我們一行十多位小說研究班的同學，在莊、呼兩位老師的帶領下，於十一月二十五日上午十時在山仔后集合。隊伍雖小，年齡卻包含了祖孫三代。在這多雨的陽明山區，大家冒著斜風細雨，由青山路開始健行。

雨，淅瀝淅瀝的下個不停，洗去了塵埃，山景顯得更為清麗，遠山雲霧繚繞，一片朦朧。在雨中漫步，不也是挺美挺有詩意的嗎？

在文藝的天地裏，沒有年齡的隔閡，惟有志趣的一致。因此，大家都是談得來的朋友，於是，朵朵撐開的傘花下，是一張張開懷的笑臉。

三位年齡加起來不到十五歲的女娃娃，小小的身子，揹著小背包，裹著黃色的小雨衣，穿著小運動鞋，牽著媽媽或爸爸的手，小手裏還緊握一枝草莓棒棒糖，踩著細碎的腳步，露出童稚無憂的笑顏，邊吃、邊看、邊走，竟然也走完了全程。也許在她的腦海裏，將留下一頁美好的回憶！

走到平等里，這一廣大的台地，層層梯田如地圖上整齊的等高線。那花圃、菜圃、草莓園、柑桔園，在在都顯示出這山村的富庶。想到草莓成熟時，鮮紅欲滴的甜美；杜鵑花開時的繽紛；與眼前肥碩的高麗菜、大白菜、大蔥，還有結實纍纍的柑桔，這裏不也是人間桃源嗎？

找一座避風的涼亭，取出食物放在一起，愛吃什麼就拿什麼，或坐或站各隨己意，就著亭外風雨，談著、笑著、吃著，便解決了一餐。

午後，細雨依然不停，再繼續上路，經過數戶農家，忽然飄來一陣撲鼻幽香，呼老師說：「是蘭花香，進去瞧一瞧吧！」

果然是寒蘭綻放，幽香溢出室外，原來這裏也是蘭花種苗區。農家還兼賣農產品，除了蘭花外，有柑橘、甘薯、紅菜，以及一串串模樣玲瓏的葫蘆。

繞到山的另一面，風雨更大，鞋襪都濕透了，正好路旁有農家，且躲過這一陣急雨。再繞到另一條山道上，這時，風停雨也停，氣候變化的快速，讓人領略到「東山飄雨西山晴」有趣的景況。

路過菜圃，農家老婦在賣大白菜、大蔥、高麗菜。徐同學每樣都買了一些，邀請大家下到外雙溪時，順道上她家去喝碗熱呼呼的湯，去去寒氣。她的誠意叫人難以拒絕，徵得老師的同意，多走了一段意外的路程。徐同學指著中央社區說，那兒就是她的家，看起來那麼近，走上去卻也花了個把小時。總計今天的路程，至少也走了十六公里左右，到她家時，個個都是又冷又餓了。

幾位女同學，擠在廚房裏洗洗切切，一會兒功夫就料理出：一大鍋炒米粉、兩盤大蔥爆牛肉、一鍋金針雞湯，在加上兩瓶溫熱的紹興酒，大家聊得盡興，也吃喝得痛快。然而，歡樂的時光總易過，不知不覺中，夜幕也低垂了。

辭別熱誠好客的徐同學，搭車下山回市區，已是萬家燈火。

之二

每個孩童都有和動物做朋友的願望，即使是年老的人亦然。

年老的母親，每次到台北來總要到圓山動物園玩，扶著她經過一個個的獸欄，瞧了各種各樣的飛禽走獸，到末了，她老人家還意猶未盡，徘徊再三不想離去，嘴裏總叨唸著同樣的話：「動物園真好玩呀，下次還要來！」話雖是這麼說，但，她也和許多孩童一樣的有些許遺憾，遺憾不能親近那些溫馴可愛的動物。那天我打電話告訴母親，木柵的新動物園快要完工開放了，新園的面積很大，分好幾區，其中有可愛動物區，是讓遊客親近動物，觸摸動物的地區。她聽了，如孩子般的興奮不已！

走進那帶點兒中國風味的大門，便是可愛動物區，只見矮矮的木柵，彷彿一步跨過去，就能和近在咫尺的動物玩呢！這兒是帶領孩子及成人認識動物，進入動物的世界。此區都是一些可愛的動物，家畜有牛、羊、馬、豬、狗、兔；家禽有雞、鴨、鵝……，還有各種齧齒類、爬蟲類、魚類等等。

動物教室是給人觸、聽、嗅等的各種感覺，同時還展示了動物的牙、骨、皮、羽等，以及教導遊客認識各種動物的棲息地。

動物藝術坊，和幼稚園的工作課、國小的勞作課，有異曲同工之處。在此區接觸了各種動物，由動物的身上找出創作的靈感，以黏土、摺紙，或塑或摺各種動物，寓學習於遊戲之中，這是本區的特色之一。

「我要騎著那小木馬，騎著小木馬走天涯……」以前的孩童，常騎著木馬或竹馬玩「騎馬打仗」的遊戲，或唱著這首兒歌，夢想著有一天能騎上真正的馬奔馳，那才神氣又威風哩！而兒童騎乘區的迷你馬和小毛驢，將使孩童的美夢成真。

動物劇場也是很有趣的，由裝扮動物的表演者的口中，使人了解動物的種種習性，無形中增加了許多的知識。若果劇場能讓孩童隨意的上臺來一個「即興表演」，模仿各種動物的叫聲和動作，那將使孩童更快樂、成人更開心。

兒童觸摸區，是教孩童怎麼樣抱兔子，拿飼料餵小羊；特殊展示館，是專門收容無父無母的小動物；小獸區裏養的土撥鼠，鑽地的本領、捧東西吃的模樣好可愛好可愛！

此外，走廊上的幾輛牛車，園中角落的一口水井，引起在都市裏長大，從未見過牛車的孩子的興趣，卻勾起了大人「思古」之幽情！

在可愛動物區這片新天地，將有許多熱心的義工為大家服務，屆時此區將是老少咸宜的樂園。

之三

打開台北縣地圖，新店溪好像一條打了蝴蝶結的藍色緞帶，在這彎曲的水域，自然形成幾個相連的小湖泊。天晴，湖水幽碧，青山倒影，風景如畫；若是連下幾天大雨，湖水就變得非常混濁。這是因為新店溪上游的翡翠水庫，有些山坡地過度開發，土石流失造成的。最近幾年在水源區大量植樹，現在情況已有改善，可見樹木有水土保持的作用，不能隨便砍伐。

在這幾個小湖當中，以梅花湖面積較大，生態環境多變化。如果清晨打湖邊經過，你會訝異那一湖的水，只隔了一夜，怎麼不見了？

只見各種水鳥停在裸露的河床或淺灘上，叼食小魚小蝦，尤其是梅花湖與燕子湖相接的堰堤，更站滿了白鷺鷥；湖邊的沼澤生長著密密的蘆葦叢，是水鴨的棲息地；湖岸野生的苦楝、銀合歡和構樹上，白頭翁、烏秋啾啾個不停，交織成一幅鳥類的天堂樂園。此外，湖堤邊還飛舞著巴掌大的鳳蝶，低窪地裡盛開著大片大片的野薑花，都在晨曦乍現時，一覽無遺。

當太陽爬上了東山頭，翡翠水庫開閘門放水的廣播聲響起。不久，溪流的水流量由小而大，漸漸漫過堰堤，形成一排白色的水簾，鳥兒都飛走了，釣魚的人卻多了起來，湖又恢復它原有的面貌。

黃昏，水庫的閘門關上，白鷺鷥浴著落日餘暉，紛紛掠過湖面，回歸山林。而這滿滿的湖水，靜靜的流過直潭、塗潭，經過淨水廠，供應大台北地區的用水。

走過新店溪，觀賞梅花湖的晨昏，才知道我們每天要用掉一湖的水。

走一趟國境之南

去年出國過春節，今年金融海嘯，文兒決定拼經濟改國內消費，除夕全家南下到墾丁去。

年初二，一早走出飯店大門，文兒昨日跟櫃檯預訂的出租車，已等在門口。一家六口上了車，由墾丁路六號出發，準備繞恆春半島一圈，看看風景，順便走訪去年最熱門的電影「海角七號」拍攝地點。文兒手扶着方向盤，沿着濱海公路往南行駛，並沿途介紹各景點。在我來說，舊地重遊，固然有新發現的喜悅，也有幾許原貌漸失的惆悵！

船帆石鄰近的白色貝殼沙灘，已用鐵絲網圍起來保護，所以，只能遠觀不能近看；台灣最南點立了一塊沒有任何文字記載的碑石，感覺有些突兀奇怪。車子轉往北走，路經聯勤鵞鑾鼻活動中心，活動中心外觀陳舊，未見有人出入，如果，荒廢了未免可惜，因為，那一帶有大片連綿的牧草，一如青青草原，而且坡度平緩，天空遼闊又無光害，應是觀星絕佳之地。

風吹沙的面積比從前小多了，讓人有滄海桑田之感！多年以前，我曾經到佳樂水一遊，而今，濤聲依舊，千奇百怪的蜂窩岩美麗依舊，遊人也依舊絡繹不絕，只是現在有環保車可坐，雖然方便，但，來去匆匆，總覺少了那份徜徉山水的閒情逸緻。我們在佳樂水用過簡餐，稍事休息後，便又上車往西奔去。

曠野的風呼呼地吹，車內祖孫三代心情都很high，車抵滿洲鄉，街上車水馬龍，人們都為了一睹「海角七號」友子奶奶的家。在小街上有一排兩層樓房，其中一家門前，擠滿了賣紀念品、馬拉桑小米酒、咖啡……的小攤，每人花二十元買張門票，隨着眾人的腳步，魚貫進入友子奶奶家參觀。那簡潔的廳堂、茶几上一疊書信、後院廊下的長椅、椅上的簸箕，都是電影片中的場景。

拍了幾張相片，走出屋外，才注意到門兩旁有紅對聯，看到門楣上「汾陽堂」三個字，我心理有些疑惑，再看上聯寫的是「汾水長流朝金屋」，下聯為「陽光普照拱玉堂」。我不由趨前手指着對聯，問那位年輕貌美的收票員：「請問這屋主是那裡人？」「哦，我姓郭，祖先來自……」一問之下竟是宗親，忙呼喚外子、孫兒和她合影留念，這意外的巧合，值得記上一筆。

友子奶奶家右邊轉角的滿洲分駐所，是影片中警員勞馬上班的地方；永靖村茂伯的家，也有許多慕名而來的人。

到達恆春古城，找到電影男主角阿嘉的家，那條街更誇張，不但有紅布條指路，連車子都不能開進去，原因是遊客太多。阿嘉家那棟白色建築、門外馬路邊綠色圓型的老郵筒，都是拍照搶手的背景，「海角七號」果真風靡全台。

離開恆春，文兒開着車子在路上繞來繞去，才繞到後灣。這個簡陋樸實的小漁村，卻有一條寬敞美麗的海堤，是電影場景「喜宴」後大家躺着聊天的堤岸。我們下車到提上的小亭看海，午後淡淡的陽光，浪花輕拍着沙灘，四周顯得出奇的寧靜，我問文兒：「你到過後灣嗎？」

「我常來墾丁潛水，曾經和南部的朋友來過，知道這個小海灣的人不多。」文兒有點得意的回答。

「難怪……這裡沒什麼遊客。」

我們又上車轉向南走，經過南灣商店街，這是「馬拉桑」努力賣酒處。聽說，海角七號的轟動，曾經一度造成馬拉桑小米酒賣到缺貨呢！

回飯店途中，外子、孫兒和媳婦都在打盹，文兒則專心開車。我望着車窗外夕陽的餘暉，心想，一部電影可能捧紅片中的男、女主角，頂多加上一、二配角，而「海角七號」竟然一下子捧紅了片中所有的角色，甚至曾在電影裏出現的尋常海灣、漁村，也成為熱門景點。這種現象，放眼中外，幾乎少之又少，只不知這股海角七號引發的國片熱，是否能繼續延燒下去？

烽煙已淡話馬祖

初夏，踩着薄薄的陽光，走出馬祖南竿機場，這塊昔日和金門並列為守護台、澎的反共前哨，現在已闢為國家風景區。遊覽車繞着山路行駛，只見漫山遍野蓊蓊鬱鬱的相思樹，枝頭綴滿了團團的黃色小花，燦爛了山頭。馬祖的盎然綠意是數十年前國軍官兵造林的成果，而山腹坑道、軍事要塞，更是官兵千辛萬苦所挖掘建造的工事。而今，物換星移，戰爭的煙硝已淡，這些坑道、碉堡和據點，那濃濃的戰地風光，以及漁村百年石屋特有的風情，都成為最有價值的觀光資源。

坑道

據說，當年因應台海戰略需要，軍方執行北海專案，分別在南、北竿和東引等三個島上，挖鑿可供登陸小艇停泊隱藏的坑道和水道，其中以南竿的北海坑道最長。我們一行人在當地導遊的引導下走進南竿北海坑道，坑道寬敞而潮濕，涼風習習，在昏黃的燈光下，人影憧憧，四壁堅硬的花崗石，刀劈斧鑿的痕跡帶著幾分猙獰，倒映在清澈長長的水道中，美得有些詭異，有些虛幻。這偉大的工程，在那個機械還不太發達的年代，是多麼艱辛又危險，也不知犧牲了多少個國軍弟兄的生命，想到這一點，我心存敬意並默默悼念！

來到以蔣公八十八歲誕辰命名的八八坑道，空氣中瀰漫著一股濃烈的酒香，讓人不飲自醉，坑道口兩旁陳列著三層高的酒甕，彷彿告訴世人坑道不僅用於軍事，還可以窖藏佳釀哩！可不是，馬祖八八坑道系列高粱酒，近年來聲名遠播，已成為兩岸小三通和海內外遊客，離開時最搶手的伴手禮。導遊說，八八坑道原為戰車坑道，裏面冬暖夏涼，終年維持著攝氏十八度的恆溫，溫度和濕度很適合貯藏酒類，停戰後，馬祖酒廠物盡其用，改成窖藏老酒和高粱的寶庫。走在頭上滴著小水滴，地上溼漉漉的坑道裏，望著滿坑道的酒桶、酒甕，忽有時空錯置的感覺，不過，以現代的眼光來看，能生產美酒佳釀也是拼經濟啦！

據點

在南北竿參觀軍事據點，這些平常只能在戰爭影片中出現的場景，一旦身歷其境，不由興起幾許興奮、好奇和感傷的複雜情緒。距南竿北海坑道不遠，循著小路走到濱海陡坡下的坑道盡頭，導遊說，這處海防據點裝置的大砲射程最遠可達對岸，因破壞力強大，後座力和震動力太大，曾經震死兩人連附近房屋玻璃都被震碎。軍方為了避免引起其他問題，便停用那種口徑的大砲，改用較小口徑的砲或高射砲。我們由坑道盡頭往回走，山腹中的主坑道並不寬，還有四條支坑道，我們怕「誤入歧途」不敢亂走，參觀過各種大砲、高射砲和彈藥的照片之後，走出另一端的坑道口，抬頭一看，城堡似的牆上有「大漢據點」四個大字。

值得一提的是位於北竿的06據點，此據點在九十五年整修完成，開放參觀。前往06據點的小徑迂迴曲折又陡峭，我們戰戰兢兢小心翼翼互相攙扶著走下坡，強勁的海風呼呼的吹，崖下濤聲震耳，直到目的地才鬆了一口氣。這處據點傍著險峻的山勢構築於山腰岩壁間，視野極佳，而今，烽煙已淡，只有呼嘯的海風與海鳥為伴。

印象最深刻的是鐵堡。在我的記憶裏，馬祖地區唯一有軍階的狼犬就曾駐防在南竿的鐵堡，因戰功赫赫而名揚天下。站在馬路邊往下眺望，鐵堡似一堆由海岸延伸出去的岩礁，小得好像年輕人可以在上面跳上跳下嬉戲。走下一百多個彎曲陡峭的台階，發現這堆岩礁原來孤立於海中，僅建有一座窄橋相連，岩壁上有「鐵堡」兩個大大的字。不可思議的是這堆岩礁居然也挖掘坑道，裏面有石室、廚房、廁所和監視海面的窗口。

過了橋，大家都跟導遊走在先，我只顧著取景照像，等發覺落單急忙奔過去，冒冒然走入坑道，前面既無人聲也無燈光，黑暗中忽覺坑道好長好長！心中慌亂腦海就浮現一些聽來的傳言，什麼守夜的哨兵被水鬼摸了，什麼整碉堡的士兵被水鬼割去耳朵……我告訴自己，即使這裏曾有國軍官兵陣亡，那也是我們親愛的子弟，沒什麼好害怕的，奇怪，這麼一轉念，心裡立時充滿了平安。我慢慢摸索著走出了坑道，再從岩礁的尾端上了堡頂，堡頂臨海岩壁上長著一大叢仙人掌，此時正綻放著朵朵鮮艷的黃花，看到那美麗的花兒，我情不自禁迎著海風輕呼：「和平真好！」

聚落

馬祖除了戰地風光吸引人外，還有百年傳統聚落和漁村風土民情。馬祖多丘陵，聚落依山勢建築於海灣內，方便討生活，馬祖至今還保持討海人堅忍、勤勞、純樸、直爽的性情，他們信仰媽祖和其他各種不同的神祇，因此，廟宇也多。由於早期移民大多從福建長樂等地遷徙過來，所沿襲的建築以閩東式封火牆為主，封火牆有火焰似的頂端，漆著醒目的紅，造型誇張，據說有防止火勢蔓延的作用，目前多數廟宇仍保持此類建築特色。記得，我曾經在捷克布拉格見過一所建於十三世紀中期，歐洲最古老的猶太教會堂，也以它獨特的火焰式屋頂著稱，雖然兩者之間外觀不盡相同，但，卻是有趣的巧合。

馬祖南、北竿的聚落後來受西方文化影響，居民就地取材，使用當地黃色花崗石或大陸青石蓋成石頭厝，外形方正，形似印章，因此又稱一顆印式建築。現在聚落的石厝，有的只剩片瓦殘牆，有的重建新樓房，有的將頹圮老屋裝修成人文咖啡館、酒館和民宿，這是因應時代的轉變發展觀光的新趨勢。

座落在北竿山坳海灣處的芹壁聚落，保存、修葺比較完善。此地的花崗石厝已有百年歷史，石厝隨山勢呈階梯狀往上發展，隨着地形的變化，出現高低錯落的山城景象。我們沿著碧石巷拾級而上，那石厝內大外小的窗戶、屋頂的「壓瓦」、排水的「鯽魚嘴」、鎮宅避邪的石獅……在在顯示出馬祖先人的智慧。穿梭石厝巷弄之中，還可以看到石牆上留下「解救大陸同胞」、「光復大陸」、「蔣總統萬歲」的刻字，一時不覺有今夕何夕之感慨！

馬祖南竿的鐵堡。

另外，芹壁聚落人口外流嚴重，近年雖有回流現象，但，仍有不少石厝人去樓空，大門深鎖，走在這樣的空巷中，不免有幾分遺世獨立的孤寂感。走累了，就近到咖啡館買杯咖啡，坐到屋外靠海的椅上，靜靜地啜著咖啡吹海風、看海中的龜島、聽海的聲音，一派輕鬆悠閒，難怪有人讚美芹壁有地中海渡假的味道，讓人去了還想再去！

海族的少年

紅紅的夕陽垂掛在海面上，將沉未沉之際，我們來到海邊。

椰子樹影拉得長長地，一叢叢低矮紅艷的九重葛，沿著人行步道伸展到表演場地，三面排放長條木椅，面對舞台，座無虛席。在這敞開的露天表演場地，海風徐徐吹送，浪花輕吻著沙灘，夕陽餘暉撫慰著旅人疲乏的腳步，我想，即使沒看表演，就這麼靜靜地坐在這海之一隅，什麼也不想，只喝喝茶，或眺望海族婦女駕著小舟歸航，享受這原始自然的悠閒，也就夠了。

鼓聲咚咚地響起來了。

我由沉思中回過神來，張眼望向舞台，三個十四歲左右的少年舞者在鼓聲中登場，這三個膚色黝黑的海族少年，個個長得眉清目秀，身穿色彩鮮豔的舞衣，頭戴金冠，赤足邊舞邊從台上走到台下的沙地，與觀眾的距離更接近。舞者隨著鼓聲節奏的快慢起伏，眼神顧盼之間，時而銳利兇猛，雖無人員解說，但還是可以看出他們跳的是印尼的吉祥鳥舞。

大家正看得津津有味，鼓聲卻霍然停止。後半場是特技表演，原以為這項節目會由成年人擔任，未料出場的仍是那三個少年，其中一位是「主角」，另兩位權充助手。

首先表演用牙齒剝椰子，椰殼厚而硬，撕咬起來很費勁。不過，只要天生一副好牙，並不難做到。近年來台灣遊客的足跡遍及全世界，尤以東南亞為甚，或許見聞所增，這項表演僅得到稀疏的掌聲。

緊接著助手抬出一盆燃燒的木炭，傾倒在沙地上，鼓聲又急促地響起，而且敲打得越來越快，主角一陣又蹦又跳後，據說神靈已經附身，他赤腳踩過紅紅的火堆，在連續抓起幾個火紅的炭粒吞下肚，吞過了木炭，又嚼碎玻璃……這時觀眾忍不住七嘴八舌：「太危險了！」

「好可怕呀！」

「小小年紀就表演這個，真叫人不忍心看哪！」

春節前，學校正放寒假，台灣旅遊團的學童特別多，家長們紛紛要自己的孩子別過臉去，導遊也頻頻叮嚀小孩子不要模仿。

旅遊歸旅遊，畢竟大家關心的還是兒童的安全教育。

一趟南國之行，我看到這一代生長在富裕社會環境下，台灣孩童的幸福，反觀印尼這個貧富不均而落後的國家，不知有誰來關心這些未成年的海族少年呢？

古早情懷

之一

黃昏來到安徽涇縣，這裡有向晚時分的熱鬧，三、五成群的小學生，低聲說著話由街上轉入巷弄，紅彤彤的臉頰，怯生生的笑意，看起來雖不活潑，但也一派天真可愛。洗得泛白或打了補丁的衣褲，鮮少有明豔的色彩，唯有頸上那條紅色的圍巾。似乎是大陸的小學生共有的鮮明標幟。

沿著街邊走去，觸目盡是低矮老舊的街屋，間或夾雜著幾棟較新的樓房，那是縣級機關所在。三兩家雜貨舖窄小的門面，擺了些粗劣的糖果糕餅和日用品。經過一家門面較大的舖子前，裡面暗暗的，隱約可看到地面一列大缸，不知賣些什麼，正要走過去，來了一位留長辮的小女孩，站在敞開的窗前，輕聲說：「我要打瓶花生油！」

那位看店的瘦削婦人，面無表情的伸出手：「油瓶拿來。」

瓶子遞過去，那婦人手腳俐落的掀開大缸舀油、過稱、收錢，接著又有老婦、男童上門買豆瓣醬和醬菜，原來這是專賣醬類的舖子。那低矮的街屋，濕轆轆的泥地，飄著鹹鹹的氣味，還有小女孩的背影，輕易的勾起了我的回憶；我曾生活在台灣類似的環境裡，也曾有過幫媽媽上小店打油買醬菜的童年。但是，那樣的歲月畢竟已遠去，想不到的是在這裡又重見當年的情景啊！

之二

住在建築新穎富麗堂皇的蘇州飯店，喜歡的是飯店外隨處可見的石橋、流水和人家，尤其喜歡街邊小巷。這裡巷巷相通，門對門不過數步之遙，沒有車馬聲，沒有紛雜的人聲，可以任人踏著青石游走於巷弄之間。偶而，驚喜地發現河邊有塊石碑，那不是清朝所立，便有明朝的遺跡；偶而，看到河岸枝幹粗大的桃樹或老梅，我總忍不住地想，這花樹是何時、何人所栽？

墨瓦白牆的街屋，斑斑剝剝，運河邊的石階更是苔痕處處，蘇州彷彿停留在時光隧道裡，這兒曾經住了些什麼人家？現在又住了些什麼人家？他們的生活是否像石橋下運河的水，停滯不前？

每思及人類自古以來，往往因天災、戰亂、急病等等原因，而一再遷徒，誰能正確的說出自己的根在那兒？反之，中國那麼大，美麗的山河大地，何處不是兒家呢！

在蘇州逛古玩、字畫、藝品店是一樂，有的店舖隱藏在街邊小巷裡。那天清晨我踏著暮春淡淡的薄霧，躑躅於石橋上，本想觀看運河邊的人家浣衣、洗馬桶的風光，忽瞧見一對年老的夫妻走下台階提水，回去擦拭門窗桌椅，老太太抹淨了玻璃窗，便坐在窗前刺綉，老先生安詳地整理木架上的貨物，簡單的店面，小得不能再小的空間，令我心動，索性走過去：「老闆，這早就開店啦？」

「是啊，妳也早呀！」老先生忙放下工作，笑呵呵的往裡面讓：「我這兒貨物不多，妳隨便瞧瞧！」

老太太由刺綉架上拿了兩條白絲帕，說：「這是我綉的，如果喜歡，算便宜點賣給妳。」

我買了手帕又挑了三只宜興茶壺，他倆高興地道謝。望望這陋室，我隨口問：

「沒和子女住一起嗎？」

「子女都自顧不暇，我們不願增加他們的負擔，守著這片店，日子也能湊和著過呀！」

這是大陸的老年人自力更生的另一種典型。

小巷行人漸多，朝陽斜斜地照上了河面，緩慢混濁的河水，千百年來環繞著蘇州的大街小巷，時光的腳步似乎執意在此徘徊不去，讓歷史的陳跡盪漾在現在人的眼波中。

之三

中國人喜歡建圍牆，也善於利用圍牆。

「採菊東籬下，悠然見南山」是晉朝陶淵明的詩句，也是他與世無爭淡泊生活的寫照，現在讀來，仍是令人悠然神往。三十年前台灣到處可見以竹籬作為圍牆，稀疏的竹籬笆，既擋不了風，也防不了宵小，常見狗兒在籬下挖洞，進出自如雞隻飛到籬下喔啼；隔著牆籬，孩童可以玩遊戲，大人可以話桑麻；鄰家的一舉一動，莫不一目了然，人們的生活息息相關，人與人之間的關係是密切的。那時，家家都喜歡在籬下種些花草，大家過的真像是陶淵明式的生活哩！

曾幾何時，經濟起飛，工商業發達，民生富裕，高樓大廈取代了平房瓦厝，竹籬笆早被淘汰，人情味變淡了，社會變得冷漠。

沿著故宮牆外冷清的街道而行，宮牆厚而高，聽不到牆內觀光客紛雜的跫音，心裡的感慨特別深。宮牆內，那瓊樓玉宇，重重宮闕，那曾經擁有至高無上的權威，擁有全中國的財富，享盡了人世間的榮華富貴，而今，明朝呢？清帝呢？

牆，保護不了帝王家，更保護不了封建時代帝王的百世基業。

萬里長城是中國最偉大最古老的城牆。在飛機、大礮尚未發明以前，長城是中國最重要的國防工程，它阻擋外族的侵略，保護人民的生命和財產，大大的發揮了圍牆的功能，因此，歷朝歷代莫不重視長城的維修工作。然而，有了偉大的長城，並不保證中國人從此就可以高枕無憂，成吉思汗的鐵騎，曾經南侵越過長城，直搗中原，建立歷史上最大的帝國；滿清入關，統治中國近三百年，到了清朝末年，政治腐敗，國勢積弱，引起列強窺覬……。

時至今日，長城雖然已無國防的功用，但這盤繞在中國大地的長龍，卻成了最有經濟價值的名勝古蹟，每年不知吸引了多少世界各地慕名而來的觀光客，給中國賺進了大筆的外匯。這是建築長城之初，任何帝王也沒有想到的啊！

小販

到大陸旅遊常會接觸到各地的小販，他們總是雲集在當地風景名勝區的前後門、停車場、飯店前……，向遊客推銷他們手中的貨物。

政府開放大陸探親初期，與最近一、二年比較，小販的心態已完全不相同，就以黃山和千島湖為例：初次上黃山，所見到的小販多為中年婦女，他們頭戴斗笠，手挽竹籃，含笑兜售黃山毛峰、靈芝，你若看貨問價，他們會自動減價，或拿出更好的貨色讓你挑選，即使生意未成交，也不會臭臉相向，不失山裡人憨直敦厚的本性。

隔了四年，又上黃山，小販普遍年輕化，她們嗓門特高，一張張小嘴嘰哩呱啦，爭說自己賣的東西怎麼好怎麼好，其中有位十幾歲的姑娘，纏著我們買她的手杖，同樣的手杖友誼商店定價兩塊五，她要賣五塊，我們不願做「呆胞」，那姑娘竟對著上了車的我們，口出惡言：「你們以後不要再到黃山來。」

改變最大的是深渡，深渡是千島湖畔的小碼頭，也是黃山下來遊千島湖必經之地，由於外來遊客的衝激和經濟快速的變化，因此，深深影響到原本純樸的人心。

早先深渡的小販，和善而靦腆，觀光客可以隨意的閒逛，討價還價，很是自由自在。再次到深渡，氣氛完全不同，地陪緊張的把我們整團的人送進友誼商店（上次來還沒有友誼商店），並警告不可和小販打交道。當時我們很氣地陪把我們「關」進店裡，後來有團友去上公廁，剛踏出門外，小販一擁而上，團友隨便問了梨子的價錢，就被小販緊纏不放，半強迫的買了一籃梨子才脫身，其他台灣旅遊團的朋友，或被糾纏，或起爭執，莫不急急逃回店裡，如果小販窮追不捨，自有店裡的警衛出面叱退，原來，友誼商店是旅遊團的臨時庇護所。

更厲害的是我們上了船，男女小販仍不肯放過這最後的機會，手拎小籃水果，跳到船上來，船老大忙著搬運客人的行李，忙著開船的準備工作，無人出面干涉，我們被糾纏不過，也只好人手一籃了，不知是巧合，還是怎麼的，小販東西賣完，船也正好啟動，聽說，這裡的小販態度驃悍，船老大敢怒而不敢言。

由小販所賣的貨物，也可以看出各地的風土民情。像在西安，每天一早就有小販等在旅館門前，看到早起的觀光客，連忙打開黑布包，獻寶似的說：「這是唐朝的銅幣，這塊是漢代的古玉，這是在咸陽地下……」

在這些小販的口裡，西安遍地都是古物，而且取之不盡，賣之不完。

有些五、六十歲的陝西農婦，利用農閒到乾陵一代女皇武則天的墓道旁，邊縫製布偶邊賣給觀光客，那些色彩鮮艷的布偶極富民間藝術特色，而她們身上更彰顯出中國婦女勤勞的美德。

今年五月我到洛陽，正逢牡丹花開季節，小販們賣的畫，幾乎幅幅皆是牡丹，雖不是出自名家之手，但也有一定的水準，可見洛陽畫風之盛。

而在岱廟後門的停車場，我看到一位不像小販的小販，他穿襯衫打領帶，腳邊放隻小箱，一手高舉著一張名片，斯斯文文的站在離遊覽車稍遠的地方，說話的聲音又像蚊子叫，誰也沒注意到他，直到我們上車坐定後，看到他隔著車窗，手指著那張名片，用熱切盼望的眼神，頻頻向我們送「秋波」，大家才感到好奇。有位團友下車探問，他見有人理會，興奮得眼睛發亮，手忙腳亂的打開小箱，拿出一疊絹畫，一幅幅攤開來向我們展示，然而，車要開了，他來不及賣畫，發亮的眼睛徒然黯了下來。

車行中，我問那位下車的團友：「他拿那張名片做什麼？」

「證明他是泰山畫院的畫師。」

我一直想，他為什麼不找機會接近遊客？不和一般小販一樣的大聲叫賣？或許，他的行為只為了維持一個畫師的尊嚴吧！

照相師與我

數年前初次參加旅行團到大陸，那天遊桂林漓江，隨船有位年輕的小姐，跟前跟後找機會給遊客拍照，旅遊結束坐遊覽車赴機場途中，她發給每人一只嵌了相片的磁盤，要價台幣三百元。多數團友不願購買，那位小姐和地陪臉色一變，竟用威脅的口吻強迫推銷，並要司機開著車子在市區兜圈子，大家擔心趕不上飛機，或發生什麼意外，只好心不甘情不願的掏腰包了。

另一次坐船遊長江三峽，船上的導遊鼓動著三寸不爛之舌，纏著要我們買三峽風景錄影帶，沒想到買回來，影像與聲音皆模糊不清，品質太差根本不能觀賞。

由於這兩次不愉快的經驗，此後到大陸旅遊如有攝影師隨團服務，我總藉故避開鏡頭，連旅遊景點的照相師也敬而遠之。有時我對自己所拍的相片不太滿意，想找那些專業的照相師掌鏡，都因先前的不良印象而卻步。

去年登泰山，在山上的神憩賓館住了一夜，次日起個大早，摸黑打手電筒上觀日峰看日出。晚春時節，泰山頂上氣溫仍偏低，凜冽的寒風吹得人幾乎站不住腳，抵達目的地我已冷得渾身顫抖，繞到一塊巨石後面，發覺那裡擠滿了等待捕捉日出鏡頭的人，由談吐和裝備來判斷，應是當地的照相師。

巨石後面的腹地很小，我正感進退兩難之際，他們紛紛移動照相機三腳架，挪出些許空間，讓我有個立足點可避風。

我低聲謝謝，便不再說話。

他們無人向我招攬生意，只靜靜地吸著香菸，等候日出那一刻的到來，然而，等到天亮，天空的雲層一直很濃厚，他們方逐漸的散去。我不免有些失望和遺憾，而且手腳也快凍僵了，可是，不知怎麼的，心裡卻有一股暖流在擴散……。

今年初夏到長白山天池，當我埋頭辛苦地爬上陡峭的砂坡，一抬眼，發覺自己正站在高高的天池邊上，四周光禿禿的，寸草不生，頓時感到一陣暈眩，外子連忙過來扶我，附近幾個坐在石頭上聊天的照相師，也不約而同的望向我，其中有位姑娘起身「讓座」，片刻後，我的臉色漸漸恢復正常，她含笑問：「好些了吧！要不要攝個影留做紀念？」

我先謝謝她，再由皮包裡拿出照相機，並指指外子頸上掛的錄影機，搖了搖頭。

她知趣的退立一旁。

天池的氣候瞬息萬變，我打起精神和外子忙著拍照，由於我有輕微的懼高症，不敢太靠近池邊，那姑娘見了，笑瞇瞇的跑過來指點我們，那裡景美又安全，那個角度拍出來效果特好，照像、錄影告一段落，她又走開了。

我靜下心來欣賞天池美麗、壯闊的冰雪世界，同時注意到台灣旅遊團人手一架照相機，天池的照相師因而招攬不到什麼生意，難得的是他們仍保有東北人的爽朗、善良與熱情，不欺、不騙、不糾纏，甚至還樂意助人。

這不正說明了每個地區的人們，思想和作為不盡相同，所以，凡事不要以偏概全才對呀！領悟這層道理，我想以後再到大陸旅遊，尤其是偏遠地區，不妨讓照相師照張相，給人家賺點小錢，也給自己小小的快樂，何樂而不為呢？

小娃兒

踩著濕滑的石階，一步一步走入瀑布背後，這條沿著山壁攔腰橫穿整個瀑布的水濂洞，是黃果樹大瀑布的又一奇觀。人在洞裡，耳聞萬傾瀑水從頭頂轟然而下，氣勢威震山谷，驚心動魄，由洞中望出去，咫尺外的水幕白茫茫一片，陣雨過後，陽光乍現，折射出一道美麗的彩虹。

我正陶醉在這如畫的美景中，忽見前面有個兩、三歲大的女娃兒在石階上玩耍，這山壁間的小路，一邊面臨萬丈深淵，放任這麼小的孩子獨自爬上爬下，太危險了！

「是那個粗心大意的父母，把孩子丟了都不知道！」我自言自語，又直覺的認定她是附近那位賣紀念品小販的孩子。

那小娃兒看到我，揮舞著髒兮兮的小手奔過來：「拜拜，拜拜，拜……

「拜拜！」我含笑揮揮手，繼續往前走。

未料，那小娃兒邁開小腳丫，努力的追趕我，嘴裡仍不停的叫拜拜。石階上上下下，又陡又滑，我真擔心她摔倒，轉身說：「不要跟著我，回去找你媽媽！」

可是那娃兒好像聽不懂我的話，追到我前面還是叫著拜拜。我不明白她為什麼「緊迫盯人」，也不明白她為什麼叫「拜拜」，瞧她睜著圓圓的小眸子，怯怯地巴望著我，污黑的小手舉呀舉的，模樣是那麼惹人憐愛，我恍然悟到她在乞討。

這年齡的孩子應該是父母的心肝寶貝，應該依偎在父母身旁被呵護著，而不是放牛吃草般的在這兒「自謀生活」。不過，在大陸廣大的土地上，許多事情都不能以常理來推斷，我想這娃兒的父母可能認為孩子小，更容易博得觀光客的憐憫與施捨。

我打開皮包想掏點錢，地陪匆匆地回來找我，看到了說：「不要給她錢，如果妳有糖果或餅乾，給她一點就好了！」

順手拿幾顆糖果給那娃兒，她迫不及待的剝了一顆送進嘴裡舔著，那樣兒快樂又滿足，我心中一陣難過，卻只能無聲地嘆息！

其實，地陪早就告訴我們，黃果樹有很多布依族的小孩，常在路上藉故扶你一把並討點錢，這是不好的，因為怕這些小孩養成「伸手」的不良習慣，以後不肯去上學，也怕他們「食髓知味」，將來成為有組織的團體，這樣對他們沒有幫助，反而害了他們。

我沒有忘記地陪的話，只是怎麼樣也沒想到連牙牙學語的小娃兒，也出現在山道上，叫人多麼不忍心呀！

長白山天池

之一

天池是中國東北長白山頂一座火山口的遺跡，它的面積約十平方公里，池面不大，卻有三百多公尺深，它有一處缺口，池水由缺口流出，遇斷崖，奔騰而下，變成浪花滔滔的兩道白河，也是東北松花江的源頭。

天池的水終年不停的奔流，神奇的是水平不減，古代的女真人相信山下通海，有海龍王蟄伏其間；現代的人認為池底有湧泉，這是比較科學的說法。天池位於中、韓邊界，十分之四屬於中國，十分之六歸北韓，而南韓朝鮮族視天池為聖地。由於南、北韓對立，互相不往來，所以每年有許多南韓的老百姓，不遠千里的跑到長白山來「朝聖」。

傳說，天池曾經多次出現水怪，天池氣象臺甚至還有怪獸研究會，不過，這都不能證明牠的存在。

長白山的氣候變化很大，天池更是忽風、忽雨、忽陰、忽晴。因此，想見天池真面目，還要靠點運氣，天池的水非常純淨，夏天冰雪融化，池水如一塊晶瑩剔透的藍寶石；冬季結冰，又像好吃的霜淇淋，令人忍不住垂涎三尺。

往天池的山道，狹窄陡峭，彎道又多，遊覽車上不去，小轎車馬力不足，要換乘吉普車才行。山道兩旁有很美麗的林相和植被，先是針葉林帶，再上去是岳樺林帶，岳樺林長在海拔兩千公尺背風的坡地上，清秀挺拔，有詩人般的氣質；長在迎風坡面的，長年被冰雪強風吹襲，形成了另一幅猙獰蒼勁的面貌。

過了岳樺林帶，進入高山苔原帶，土層稀薄，只能生長一些地衣之類的植被。一過苔原帶舉目都是黃白灰黑的礫石，那是火山噴出的殘留物質，這樣豐富多變的地貌，是大自然最好的教室。

之二

「地下森林」是什麼呢？相信大家都很好奇。

在很久以前，長白山火山爆發，引起地震，有些地方地層龜裂或下陷，形成奇特複雜的地形，火山冷卻後，又經過了許多年，下陷的地層，長滿了密密的針葉林，這就是地下森林。

進地下森林去探險，要有導遊帶領，不然容易迷失在茫茫的廣大林海中，不但走不出去，別人也找不到你，只能求助直升機搜尋了。從前長白山的林海中，有許多野生動物，例如：黃羊、狐狸、黑熊、老虎、野鹿等，現在黑熊、老虎都在深山裡，數量減少了，不用擔心會遇上。

要到地下森林，必先經過原始森林區，起初路跡明顯，越往下走，路跡越模糊不清，手腳並用攀爬過峻峭的斜坡，發現有許多飛蟲，到處都是青苔和斷木。兩道白河川流過林區，由於水流的切割，巨大的岩石一分為二，可是聽到水聲隆隆，卻看不見水流；斷崖上的裂縫都長出樹木，覆蓋的表土、腐爛的植物，薄弱鬆軟，走在上面，真怕一不小心就掉下去。

有趣的是似乎一伸手，便可以摸到地下森林樹梢頂端的葉子呢！

之三

黑熊是一種頑皮又力大無窮的動物，野生的熊會搬動河床上的石頭來嬉戲，也會連根拔起樹木。有時候夜晚跑到農莊，在快要成熟的麥子上打滾，或破壞玉米、馬鈴薯田，或是到牧場推倒圍籬，趕走飼養的羊群和鹿群，造成農民、牧民很大的損失。黑熊雖然可惡，但有牠在，狼群不敢來，所以山區很多牧場都特意養隻黑熊，來擔任守衛的工作。

據說，熊膽能治病，是高貴的藥材，熊掌又可以調理成名貴的佳餚。近幾年長白山區的野獸被人們濫捕濫殺，黑熊已日漸稀少；因此，中國東北設立東方熊樂園，專門繁殖長白山黑熊，一方面取牠的膽汁製藥，一方面開放觀光。

熊每天早、晚各餵食一次，用米麵加魚粉、雞蛋、白糖煮成粥；此外，還要供應紅螞蟻、西瓜和蘋果、梨當零食。熊長到三歲就可以取膽汁，工作人員用注射器引流一次五十CC，一周一次，一年後放回長白山區野生。

之四

人參是最珍貴的中藥補品，它的神話也多。傳說，人參是天地孕育的精靈，因為外型像人，結的果子是紅色的，所以人稱小紅孩。

上長白山挖人參必須五、六人一組，由一位經驗豐富、熟悉山路的人帶領，進入山區後不可以說話，怕驚走「參精」；等一發現參株，立刻用紅線繫住，否則轉眼便不見了。挖出人參之後，要放在樹皮包裹的泥土中，才不會乾枯；下山賣給商人，再由專家經過去泥、整容、泡製等手續，然後裝在錦盒內，運到各地出售。

長白山的野生人參經長久的濫採，已經很少了，現在市面上看到的人參，大多是人工栽培的。人參生長很緩慢，一年只長一品葉，六年才能採收，而且年份愈久療效愈大，也就愈珍貴。

泛舟瀘溪

在小碼頭穿好橘色的救生衣，大家分別登上三條小小的木船，船夫熟練的搖起雙槳，小船便平穩的航行在瀘溪上。這條河河面寬，水量豐沛，水流平緩，兩岸山崖聳立，而臨河的山壁有不少崖墓群，年代久遠，不知那時沒有現代化的機械工具，如何搬運棺木進崖洞？這和長江三峽的懸棺一樣，都是千古不解之謎。

瀘溪右邊有面高聳的山壁，由山頂垂下一根粗大的繩索，有專業者，不定時表演攀岩的技巧，告訴遊客如此這般就可以把棺木放進岩洞裏，觀看的人都半信半疑，認為表演精彩好看就好，何必太認真，反正是為了吸引觀光客嘛！

小船行駛過崖墓區，我們順流去看了仙女岩、羞女岩，接著開闊的水域，散佈著一些大岩石，木船繞石而過，行至轉彎處，有一巨大的岩石人稱「周恩來的頭」，這塊岩石紋路分明，濃眉大眼加上頭上的氈帽，像極了周恩來的側面像。

這時迎面來了一隻竹筏，窄窄的竹筏放了一只小火爐，溫熱著一鍋粽子和鹽水花生，竹筏上一位俏麗長辮的小姑娘，臉上露著親切可愛的笑容，小船和竹筏一接近，她就趨前招攬生意：「大叔、大娘，買幾個粽子和花生當點心唄！」

小姑娘手划著槳，身上穿著紅衣，襯著背後的山影，忽兒在前，忽兒在後，緊緊跟隨木船，那情景，真是一幅美麗動人的圖畫！她做成了幾筆小買賣，才歡喜地另覓目標。有位同船的朋友揚聲問：「小姑娘，妳家在那裏呀？」

漸漸遠去的身影伸手往前一指：「我家住在無蚊村。」

大家聽了一愣，隨即議論紛紛有人說：「無蚊村，顧名思義這個村莊是沒有蚊子咯！」

「山區水邊蚊子應該更多怎麼可能沒蚊子？」有人不以為然。

「前面就是無蚊村我們不如上岸去瞧瞧吧」船夫說。

這是一個山林環繞的偏僻小村，村中上上下下僅有一條彎曲的小路，依地形而建的簡陋土屋，屋旁走來走去的豬、狗和雞鴨，婦孺、老人衣著樸素，他們裸露在外的手臂、小腿，未見斑斑點點的「紅豆冰」。我忍不住好奇的問路旁一位婦人：「請問大姐這個村莊真的沒有蚊子嗎？」

婦人點點頭笑了笑，說：「我們村裏樟樹特多，附近的山洞又有許多蝙蝠；蚊子怕樟樹的氣味，蝙蝠也吃蚊子，這可能是無蚊子的原因吧！」

果真，世界之大無奇不有，在這條名不見經傳的溪流，短短兩個多小時的航程中，不僅見識了古崖墓群，觀賞奇岩怪石，參訪無蚊村，也讓我想到人只要對生活條件不要求太高，或許這山明水秀的地方，便是「桃花源」了。

絕色雁蕩

遊過大陸不少名山，卻未曾到過雁蕩山，雁蕩山位於浙江省東部，是中國十大名山之一。翻開報章雜誌的旅遊版，所刊登的江南遊，鮮少把雁蕩山列入旅遊景點，多年來讓我一直誤以為這山可能名不副實，而一再錯過。

據說，雁蕩山頂有湖，蘆葦叢生，結草為蕩，秋來北雁南飛，在此群集，因而得名。我喜歡「雁蕩山」這三個字，光聽山名就覺得有詩意和美感，不由悠然神往！因此，第四次江南遊，我和友人組成十二人的旅行團，特別把它列入行程。

那天遊覽車由奉化、天台，一路迢迢進入雁蕩山區，車窗外的景色為之一變，當地地陪解說：雁蕩山的地貌，為世所罕見典型性白堊紀流紋質破火山，在外動力作用下，形成疊嶂、銳峰、柱峰、方山、石門和岩洞。它有別於桂林碳酸岩、黃山花崗岩、武夷山丹霞岩。難怪它美麗的色彩，亦有別於他山。

在團友連連的讚美和驚嘆聲中，抵達大龍湫景區。此時，太陽已偏西，我們下了車，趕在天黑前，走進彎彎曲曲的山道，沿途古木參天，流水潺潺，鳥聲啁啾；這條深入谷中的山道，最讓人驚艷的是剪刀峰，隨着峰迴路轉，角度的移動，此峰可化身成八種不同的形象，比較神似的有昭君和番、啄木鳥、熊抱、鱷魚嘴……。故有大龍湫一瀑布和剪刀峰一塊石頭，剪裁出雁蕩一百二十峰，這把剪刀是把魔剪的說法。

大龍湫位於谷底連雲嶂，水從卷壁中凌空而下，落差一百九十六米，是中國四大瀑布之一。然而，秋冬正值枯水期，看不見騰空翻飛的水花，也聽不到轟隆作響的水聲，倒是那縷縷輕煙般的水絲，飄然落下，潭中水紋如一條小白龍，也是一奇。潭邊的忘歸亭，造型古樸典雅，與岩壁上文人雅士留下的詩句，相互輝映，真想到亭中小坐，可惜天色將晚，不得不歸了！

夜已來臨，用過晚餐，地陪帶領大家去觀賞靈峰夜景，這是遊歷他山所沒有的項目。也許是因為山道坡度平緩，看山不爬山，不慮發生意外，方能夜遊。明代大旅行家曾讚美：「雁蕩最妙處，靈峰暮色時。」所謂的夜景，是景區中的山峰，在夜晚微弱的天光下的黑影，移步換形，變化出夫妻峰、犀牛望月、婆婆峰、雙乳峰等，如果，明月當空，徜徉其間，想必另有一番浪漫情境吧！

次日上午前往靈岩景區，我們走進狹窄的山谷，先搭乘電梯，再走路通過一小段懸空棧道，上達小龍湫的源頭。那是一口小小的人工湖，下臨深淵，望之頭皮發麻，心生畏懼；斷崖邊立一巨石，上刻「斷腸崖」，地陪說，此處和上方的臥龍谷、顯勝門，曾經是拍攝「神鵰俠侶」和其他武俠片的外景地，現在都成為吸引觀光客的景點。

我們又折返原路回到景區內，領隊體貼的給每個團員叫杯茶水，讓我們輕鬆悠閒地坐在涼椅上，觀看十點鐘的表演「靈岩飛渡」。抬頭眺望天柱、展旗，兩峰對峙，壁立千仞，表演者單憑繩索或在崖壁上、半空中翻滾，或騎單車在兩峰之間的鋼索上，由天柱飛渡展旗，這樣驚險的絕技，一不小心即粉身碎骨。聽說，這個行業是父傳子，子傳孫的家族秘技，外人難窺其奧妙。

雁蕩山有八大景區，看不完的雄奇疊嶂，奇峰險崖，古洞幽穴，飛瀑流泉……，雖然，限於時間，我們僅能到三處景區參觀，但，已覺不虛此行了。

江南水鄉印象

之一

由停車場跟隨着遊人的腳步，挨挨擠擠，走入西塘古鎮狹窄的巷弄裏，這一牆之隔，時間彷彿停頓在清末民初的年代。

那是一大片節比鱗次的古屋群：那灰黑色的薄瓦片，落了漆的屋簷門樓，白色斑駁的高聳粉牆，堂屋內小窗漏進的一抹幽光；那縱橫交錯的河道，慢悠悠的河水，河邊廊棚下三、五老婦閒話家常；那一座座古石橋上往來的人影，客棧、茶吧、酒樓的旗幟臨河飄蕩，還有河邊屋角串串的紅燈籠……。這歷經滄桑的千年古鎮，呈現出慢活悠哉的老舊風情，深深吸引了遊人的目光，於是，江南水鄉像西塘這樣的古鎮，也一一得到人們的青睞。

遊客在巷弄裏鑽來鑽去，自由進出敞開的古宅民居，參觀屋主收藏的書籍名帖、古玩藝品；飾品店、糕餅鋪、餐館、民宿和客棧，大多集中在一、二條稍寬的巷道裏，古鎮一千多戶居民尚未完全商業化，然而，在經濟掛帥，觀光客日益增多的情況下，它是否會成為第二個

「周莊」呢？

走到河邊看到有些喜愛攝影的朋友，忙着選取最佳角度捕捉水鄉的柔媚風貌；喜歡走水路的人則僱隻小船，船伕搖着槳輕輕劃過水面，悠悠恍恍地看盡兩岸柔水人家。

而我逛累了便坐到河邊的美人靠椅上，口中含塊小店買來的手工製黑薑糖，辛辣甘甜的滋味在舌下慢慢化開。這時最想駕一葉扁舟，搖呀搖，搖出了西塘，繞行在那彎彎曲曲的小河上，舟行過處，桑麻綠野，橘黃稻垂，豐收的喜悅盈滿了忙碌的鄉野，這是我夢中的江南！

之二

南湖是浙江省四大名湖之一，湖的面積看起來並不大，可是與附近河塘有水道相連，水域也就頗廣了。南湖四面無山丘，夏日清風徐來，沒有山的阻隔，特別涼爽。每當晨曦乍現或雨後初晴，湖上升煙，非青非紫，景物由朦朧而漸清晰，雲水變化多端，美得像夢境一般，因此，南湖以煙雨風光著稱。

以前南湖搖船打槳，大多是由年輕貌美的女子担任，美麗的船娘載客穿梭於湖上，也就成了南湖一景。那天我在湖上只見載客量大的遊船，來來往往，却不見船娘、小舟，不知是否已成往日雲煙？

在湖畔碼頭登上遊船，數分鐘即抵達湖心島。孤立於島上的煙雨樓，為五代時吳越廣陵郡王所建，距今已有一千多年，幾經興廢，方有今日的規模，樓中有甚多歷代名人墨寶，並有乾隆御碑，是江南有名的建築。據說，清朝乾隆皇帝每下江南必到煙雨樓一遊，乾隆很喜歡煙雨樓，連熱河承德避暑山莊裏也仿造一座，讓人好奇的是江南名樓不少，乾隆為何對此樓情有獨鍾呢？

踏上島堤順着石階走上煙雨樓，這是一座以樓為主體的古園林建築群：高樓重檐，古樸典雅，樓四周有亭閣、長廊、假山、花台，疏密相間，錯落有致的掩映在古木林中，尤其樓前左右兩棵老銀杏，枝葉茂盛，鳥聲啁啾，更增幾分幽靜。站在樓上居高臨下，發現堤內池有一環洞橋與湖相通，午後陽光燦爛，湖面波光粼粼，島上柳絲依依；若是細雨霏霏，一湖煙雨清麗空濛，織出江南水鄉的靈秀之氣最是浪漫迷人！或許這是乾隆夢繫江南之故。

之三

嘉興三塔並立於古運河畔，河中倒影與遠近點點帆影，構成一副美麗的畫面。三塔位在運河轉彎處，古時這裏風浪大又有急流旋渦，灣內時常翻船，唐代建三塔以鎮風波，歷經朝代的更迭，塔毀了又重建，像似輪迴。現在的三塔是二十世紀九十年代所重建，而運河的功能已大為減少了。

抵達嘉興三塔已近黃昏，果真，如前人詩句「江天倒侵落霞紅」。河面灑滿了金晃晃的霞光，落日餘暉把塔影拉得長長地，映照在青青草地上，兩根方形拉縴用的基石，仍牢固的矗立在塔前，留下過往滄桑歲月的見證。

我踩着遍植林木花草的小徑，面對着古運河悠悠的流水，心忖，這條運河源遠流長，上可通太湖，下可達杭州，更可旁及鄰村鄉野，雖然，千帆過盡，繁榮不再，但，取而代之的可能是觀光業的興起吧！

之四

東湖是一座人工湖，也有人讚美它是天下第一山水盆景。

東湖位於紹興城東，原是一座林木茂盛的青石山，岩石色青，質地堅硬，自隋唐以來，紹興一帶築城建屋或修橋鋪路，在此開採山石，歷經千年的刀劈斧鑿，青石山遂成為懸崖峭壁。後人注入河水，形成奇潭深淵，又築堤建石橋、遍植奇花異草，加上古藤老樹，它有不同與江南園林的景觀。

若拿東湖和杭州西湖相比，西湖如一位絕代佳人，美艷動人；東湖則像一風塵俠女，秀麗中多了幾分嶙峋風骨。

遊東湖搭烏篷船，少有登臨之地，只能在湖上泛舟遊湖，或傍着岩石邊轉入洞壑裏，觀賞成垂直線狀的懸崖，這樣一洞轉過一洞，有柳暗花明又一洞的驚奇；偶爾一束天光，由數十公尺高的洞頂照射下來，照亮了那傲岸壁立、鬼斧神工的鑿痕，令人觸目驚心。遊東湖如果不坐烏篷船，等於白來了，因為無法親身體會，那些人工造就的奇景，帶給我們的震撼與感受。

有趣的是烏篷船不用手而用腳划槳，船伕一律穿着青衣黑褲。那天在東湖一角的荷花池邊，停泊了一排烏篷船，滿面風霜的船伕們正在船艙吃便當，地陪說，他們大多是六十歲左右的老人，他們吃的米飯由東湖管理處統一供應，菜餚自己由家裏攜帶，每人月入約千元人民幣，這個年紀算是不錯的工作。

紹興東湖的烏蓬船（左二、三為作者與夫婿）。

我不禁想，東湖的演變，豈是千年前的採石工人所能料到，倘使他們地下有知，也會羨慕吧！遊完湖下船走堤岸，我邊賞湖景邊探頭往圍牆外的運河望去，河岸芳草萋萋，河裏運貨船隻往來頻繁，牆裏牆外，一動一靜，古今並存的情境，也許是江南水鄉的特色呢！

天下第一關

山海關

明代開國大將徐達在隋唐時的榆關故址，築城設關，始更名「山海關」，並自此關起沿燕山修建長城，綿延近二千里直至居庸關。這一段長城，雉堞隱現於層巒疊嶂之間，蔚為天下奇觀。

一九九五年遊古絲路，登上長城西端的嘉峪關那一刻，我就想有機會也要到長城東端的起點山海關一遊，直到今春才成行。那天在秦皇島住了一宿，次日車行半小時便抵達山海關，時間雖早，遊人已絡繹不絕。我停下腳步，先在外面看看那古老斑駁的城牆，那成排綠濛濛的新柳，感受這海邊城關的氣息，再跟隨著旅遊團團友的腳步進入關內。

山海關枕山瀕海，遙控遼瀋，屏障京津，為遼、冀二省的重要門戶，有「天下第一關」之稱，自古即為兵家必爭之地。明朝末年吳三桂率領精兵十萬駐防，抵禦關外虎視眈眈的清兵，後來李自成叛亂攻陷京師，崇禎皇帝逃到煤山自縊，吳三桂在內憂外患之下，引清兵入關；另

作者與夫婿攝於山海關前。

有一說吳三桂為了解救他的愛妾陳圓圓，才「衝冠一怒為紅顏」，不管事情的真相為何，明朝因而亡國，卻是不爭的事實。

山海關城樓正中懸掛「天下第一關」的匾額，字體大，書法渾厚挺拔，與巍然聳立的城樓相得益彰。城牆由山腳砌至山頂，彎彎曲曲順著山脊，宛若天外遊龍，蜿蜒而去。站在高高的城樓前，寒風陣陣，我拉緊衣帽，凝眸四望，城關內遊客熙來攘往，好不熱鬧；城關外人煙稀少，草木枯黃，一片蕭瑟。

我不禁遙想那烽煙四起的年代，城關上戰鼓擂動，殺聲震天，守城將士浴血奮戰的悲壯場面…而今，科技發達，有了飛機、大炮、飛彈，長城已失去它的防禦功能，但，卻成為非常具有吸引力的觀光勝地，這一點，古人應該始料所未及吧！

老龍頭

明朝嘉靖年間名將戚繼光，在距山海關不遠的南海口築入海邊牆，以防海寇，這便是威鎮渤海的寧海城，人稱「老龍頭」。城內保留了從前駐軍的營房，睡覺的土炕和大灶；營房外，有片佔地頗大的磚砌八卦陣（如迷宮），應是現代的產物。我好奇的走入陣中，繞了好一會兒，才走出來。

城上有座澄海樓建築尤其雄偉壯觀，這樓曾重修過，樓前有篇澄海樓記是這樣寫的：「昔人蘭亭、岳陽，亦各有記，以志景物；若斯樓也，面臨萬壑，背負大山，高枕長城之上，澄波萬里，疊嶂千里…」這山、海的氣勢是何等的壯闊呀！

由澄海樓踩著台階往下走，距海更近，遊客漸多，城牆上幾個工人在敲敲打打，想必歷代都得這樣修修補補吧！我在「天開海岳」碑前照張相，又繼續朝下走，看到一塊大白石上刻「老龍頭」三個大字，遊客好像都集中到這兒來了，有的擺pose拍照，有的扛著攝影機專拍風景，有的依著城牆望著海面沉思。

這時，我發覺城牆已陡入海中，海濤聲聲震耳，眼前的渤海，海面陽光燦亮，帆影點點，一片寧靜祥和。我深深感到，沒有戰爭和破壞，生在和平盛世時代的人，真是有福氣！

貞女祠

傳說，孟姜女千里尋夫，到了山海關……

山海關東南近海一里許有塊巨石，形狀如墳，俗稱姜女墳，人們在石旁建貞女祠，記念孟姜女。

長長的紅圍牆，數間小瓦房，遠望貞女祠，像似一座莊園較大的普通人家，登上數十級台階，進了山門，方覺圍牆內別有洞天。迎面是一棵枝幹粗黑光禿的老樹，樹頂一叢細枝開滿了粉嫩的小花，讓人驚艷！地陪說，那是杏花。

貞女祠建於宋朝，小小一座廟，沒有雕樑畫棟，樸實得像間民居，而孟姜女的塑像，鳳冠霞帔、大紅長披風，色澤鮮艷，可能是近年所塑，看著總覺少了那麼點兒古意。

進門處有付對聯：「海水潮潮潮潮潮潮潮落；浮雲長長長長長長長消。」殿堂兩旁也有對聯：「秦皇安在哉萬里長城築怨；姜女未亡也千秋片石銘貞。」聽地陪說，長城沿線的居民，在城牆坍塌的地段，常發現人的骨骸。料想古代築城的軍士、勞役，中途病死或傷亡，可能就地掩埋在城牆裏，因此，長城可說是中國人的血淚築成的！

「孟姜女哭倒萬里長城」是中國家喻戶曉的民間傳說。由望夫石旁邊的石階走下去，便看到竹籬內數間房屋，屋內的塑像有孟姜女和她的父母、丈夫范杞梁，拜堂成親等等場景。接著走進一個光線幽暗的山洞，彷彿踏入時光隧道，於是，范郎被強徵調去築長城、孟姜女千里送寒衣、聞夫死哭倒長城、秦始皇和將士……這些虛擬場景一一重現。

走出另一端洞口，外面艷陽高照，庭園裏迎春花開得如火如荼，我也由這刻意營造的古代傳說故事中，回到現實的世界來。

長城外面一明珠

承德避暑山莊又稱熱河行宮。熱河省（現已併入河北及內蒙）位於中國北部，境內山川壯麗，草木茂盛，滿清王朝曾將八旗軍配置在省境內，以防外族擴張勢力。王室為了訓練軍隊，常到熱河狩獵，每年在避暑山莊駐蹕長達半年之久。

這期間，全國的奏章都送到承德來，而帝王的詔書也由此地發出去，大臣和外國使節馬不停蹄的奔波於北京、承德道上，無形中，承德好像成了滿清的陪都。因此，嘉慶和咸豐兩位皇帝都病死於避暑山莊，也就不令人意外了。

承德避暑山莊是中國現存最大的皇家園林，於一九九四年被聯合國列入世界文化遺產名錄。當初建築這座山莊是方便天子狩獵居住，實際上，軍政威鎮的意義又重於優遊林泉，後來，滿清國勢強盛，天下太平，蒙古人因信奉喇嘛教，而漸失騎射殺伐的戰鬥意志，避暑山莊遂成為帝王的消暑別墅。

到了滿清末年，列強侵華，更淪為帝王后妃和王公大臣的避難所。時至今日，卻是中國著名的觀光景點，這樣的轉變，讓人有景物依舊、人事全非的感歎！

那天在秦皇島用過午餐，隨即搭遊覽車出長城往關外去。燕山山脈蜿蜒於河北省北部，遊覽車有時繞著山走，有時傍著青龍河而行，放眼車窗外，重重的山嶺，岩石黝黑，草木枯黃，仍殘留著北方嚴冬過後的蕭瑟荒涼。然而，在較低海拔的山坡上，總見東一片西一片開著雪白的梨花，還有山村野店的屋前屋後，那一樹樹粉紅的桃花，給關外的荒山野嶺帶來幾許春天的訊息。

抵達承德已是黃昏。次日一早，我們來到位於武烈河畔的避暑山莊，站在山莊前，遠處的棒錘峰遙遙相望，近旁的武烈河波光瀲灩，真是一派氣象萬千！由南面的麗正門進入，麗正門是個很大的建築群，為皇帝避暑期間全國行政的樞紐。麗正門外有東西朝房、王公大臣官邸、八旗住宅和民房；門內兩座大殿是皇帝處理公務的地方，勤政殿是喜慶宴會大典的所在；而後面的離宮別殿和樓閣，則是帝王、后妃住宿休息之所。

這些宮殿規模雖然不如北京的紫禁城，但，宮室外遍植高大挺拔的蒼松，在松下散步或廊下小憩，清風徐來，暑氣全消，感覺真好！有趣的是皇帝的寢宮並不大，卻有個窄小的邊門，地陪說，那是夜晚侍寢嬪妃進出專用的門。

山莊的北面為萬樹園，有榆、松數萬株；西面是山區，山巒起伏，一片蓊鬱；遊客最多的是熱河湖區，這是由五個小湖泊組成的，有長堤相連，各個小湖有浮洲、水榭、山島，把山光水色襯托得格外清麗。值得一提的是此湖，比杭州西湖、北京頤和園的湖水清澈幽碧。

遊湖可走陸路，也可選擇水路，我們決定搭木船遊其中三個小湖。年輕的船夫，一在船頭一在船尾搖槳，船慢慢划過水面，兩岸桃紅柳綠，還有一叢叢黃燦燦的迎春花倒映湖中，忽見湖中小島有野鹿出沒，大家忙著拿相機搶鏡頭，不知不覺船已到了金山亭。

下船踩著石階登上這一座仿江南建築的亭台，亭四周為山石、林木環繞，亭邊有株枝幹橫斜的老梨樹，開滿了白花。試想，月明之夜，置身於高高的亭台上賞景，不是詩人也會作詩了！我們又搭船到煙雨樓，此樓是仿嘉興的煙雨樓而建，連名稱亦同。據說，避暑山莊的亭台樓閣，大多是乾隆時所增建，由此，可見這位皇帝是多麼喜愛江南園林呀！

我們就這樣走走停停，一路看不完的明媚風光，最後來到熱河泉。地陪說，過去熱河省以熱河泉來命名，從前泉水出水量大，尤其在冰天雪地的冬天，不但不結冰，還熱氣騰騰，化為雲霧籠罩天空，當地蔚為奇觀；近年氣候起了變化，出水量明顯變少，而且越來越少，就怕將來……

地陪話未說完，大家便忙不迭的輪流站在那塊刻著「熱河泉」的巨石前，拍照留念，惟恐哪天水源枯竭，此景不在。走出另一道門，已是午後，雖深感意猶未盡，但，畢竟我們都是過客。

小河流慢慢地流

離開橫跨中、越邊界的德天大瀑布，遊覽車沿着歸春界河行駛，不久即抵達明仕田園遊覽區。明仕河是一條小小的支流，由於河兩岸群峰競秀，田野稻穗飄香，疏林茂竹，村莊農舍點綴其間，一派小橋、流水、人家，它寧靜美麗的南國田園風光，恍如陶淵明筆下的桃花源，遂被列為遊德天瀑布必順道一遊之地。

下車搭乘竹筏，身穿對襟青衣的篙夫，熟稔地撐起長長的竹篙一點，竹筏便輕輕離岸順勢滑入河心。這條清麗異常的小河，水量豐沛，水流極為緩慢，坐在竹筏上，竹篙一起一落間，如同滑行在鏡面上那般的平穩，讓人能放鬆心情拿起相機獵取鏡頭。果真，兩岸風光如詩如畫，左拍群峰中一座孤伶伶的草亭，右拍一尊如「佛陀背影」的孤峰，轉個彎又拍繞岸翠竹……。

也許，因無風，微波不興，水流又慢，水中倒影清晰，虛實難辨。最難忘那河裏長滿長長的綠色水草，隨着水流飄蕩，魚兒悠游其中，怡然自得；我依着欄竿觀賞水草、魚群、掠過的天光雲影，幾乎到了渾然忘我之境。忽地，竹筏碰撞了一下，我才回過神來，聽到篙夫呼叫：「到達終點，上岸啦！」

我們一行人魚貫的登上河岸，導遊說，沿着岸邊的小徑走到盡頭，過了木橋，就可以接上等在公路旁的遊覽車。我很高興能再多看看這片美麗的田園，剛走幾步路，附近村莊跑出來一群約莫五、六歲的村童，個個懷裏抱着小袋裝的落花生兜售。我看村童穿的並不破舊，住的農舍外觀也整齊，甚至有的人家還有兩層樓房；男童比較羞澀，站立一旁叫賣，女童則把我們團團圍住。這情景，常去大陸旅遊的人都知道不能輕易出手，因為，買了一個人的，就得同時買下全部人的東西，否則，難以脫身，這是經驗之談。

我搖搖頭，邁開大步往前走，有個小女孩不死心，一直緊緊尾隨在我身後，唱歌似的叫賣：「阿姨，買包花生吧！阿姨，買包花生吧！」我幾次心軟，不覺慢下腳步，可想到她後面跟着人龍，亦步亦趨，便作罷。然而，那唱歌似的甜甜童音，至今彷彿仍繚繞在耳際呢！

我已無心觀賞風景，匆匆趕路，走到拐角處又出現十多位老嫗，村童見了，眨眨眼，自動轉身慢慢離去。初見這群老嫗還真把我嚇了一跳，我拉拉同行的劍如姐：「妳看，這裏的老太太怎麼彎腰駝背成這個樣子？」

「是呀，好像整個村莊的老太太背都彎駝着呢！」劍如姐語含同情。

其實，五十多年前台灣的農村，也偶爾可以看到駝背的老嫗，但，畢竟是極少數，也沒有駝得這麼厲害。我猜想，這裡的婦女可能由年輕到年老，成年累月面朝地、背朝天，終生辛苦耕作留下的後遺症，這是我到大陸旅遊，走過許多窮鄉僻壤所僅見。

仔細瞧這些身穿青、黑色斜襟衣褲的老嫗，個個鬢髮花白，黧黑的面孔佈滿縱橫交錯的皺紋，手上的竹籃裝的落花生。我們一行人不敢和她們搭訕，只想快快走過去，這時，我卻瞥見一位背部幾乎彎弓成九十度的老嫗，皺癟着沒牙的嘴，口齒不清說着什麼，我心生不忍，趁她靠近身旁，悄悄掏錢買下她籃裏的東西。

不料，還是被其他人發覺了，我立刻陷入重圍，只好「且戰且走」，直走到一排路邊攤位前。有意思的是老嫗們好像有默契，見到路邊攤出現就不糾纏我們了，感覺這條小路似乎早已規劃好了地盤。看顧攤位的都是年輕和中年婦女，賣的是桂圓乾、筍乾、落花生之類的當地土特產，我們比較感興趣，雖然，免不了上演你來我往、討價還價的戲碼，但，可喜的是這裏的人們尚未染上漫天開價的惡習，依然純樸憨厚。

終於走上木橋，我回頭再看一眼這片美麗的山水畫廊，心中不禁想，在這觀光業快速發展的今天，原始美好的景物和環境，以及善良的人性正逐漸的流失。多麼希望這裡能一直保有它原本的風光，至少不要改變太快，最好，像那橋下明仕河靜靜的流水慢慢……慢慢地流。

北京二、三事

早市

秋天的早晨，淡淡的陽光，少雨乾燥的北京，有着絲絲的寒意。我穿過紫色牽牛花鋪地的小路，走到距離兒子住的社區不遠的早市，此地屬北京開發區，位在城郊，周邊有許多工地，工人正在日夜趕工興建高樓大廈，其實這種新興區不乏超市，日常生活用品應有盡有，搭公車購物很方便，可是，這附近社區的人們還是喜歡上早市逛逛，一來蔬果新鮮，價格低廉，二來仍保有幾許早年農業社會市集的風情，這也是它吸引人之處。

一早小貨車、板車、單車，人聲車聲鬧熱滾滾，市集中間和左右兩旁各自成一長排攤位，從攤頭望不到攤尾，我往往從右邊的走道進，走累了中途就轉由左邊出。這兒有雞鴨魚肉、五穀雜糧，各地來的土特產像新疆的葡萄、寧夏的枸杞、通州的梨、鄰近鄉鎮的蘋果和棕棗、馬牙棗等等。比較特別的是被套床單論斤賣，加點工資，賣布的大嬸，就當場用縫紉機幫顧客縫製；如果門窗壞了，可以在這裡找到師傅修理，此外，還有一些奇奇怪怪的行業。

值得一提的是早市的物價便宜得超乎想像，例如：饅頭或豆沙包五個一袋，才人民幣三元；又大又甜的蘋果、梨和正當令的棗子，一斤只要兩塊錢。有一回看到滿貨車個兒小些的梨，居然賣一塊錢三斤，讓我這個台北來的家庭主婦，一時不知從何買起哩！因此，住在北京這一段日子，我經常上早市，花少少的錢，就可買回一大籃車的菜，足夠全家一日所需，說真的，買得很爽！

公車

以前參加旅遊團去過幾次北京，吃住交通全由旅行社包辦，現在雖短暫居留，但兒子要上班，不可能常陪着我，如想探訪名勝古蹟或逛百貨公司什麼的，短程就搭計程車，長途則嫌不經濟，因此，我便買份地圖，按圖索驥搭公車或地鐵。起初，擔心擁有一千七百萬左右人口的北京，搭乘公共交通工具一定十分「緊張」，我又最怕人擠人，沒想到試搭過幾次之後，發覺人雖多如過江之鯽，但，不管公車或地鐵，班次頻繁，上下車井然有序。

我喜歡搭快速公交，車班多車速快，如同在台北搭捷運般的方便。這種車有兩節車廂，載客量大，有專用車道，不必與他車爭道，也就不塞車，車上除了司機外，還有一位服務員，乘客多的時候，看到老年人上車，就聽到服務員高聲嚷叫：「有老爺子上車囉…那位年輕人起來讓座。」若有婦人抱着幼兒則說：「讓個座位給小寶貝兒吧！」車上乘客聽到服務員的話，立刻就有回應，有時搭一般公車或地鐵，也常見有人自動讓座。聽說，這是奧運期間所推行的禮貌運動的成果，想想北京這麼多人口，要做到謙讓有禮這一點並不容易，可是他們做到了！

金秋

北京十月的慶典一落幕，長假也過完了，機關、學校恢復上班上學，人們的生活回到正軌，我以為紫禁城周遭的人潮應該稍減，便興沖沖的進城尋找秋的足跡。那知道，天安門廣場擁進各省來的觀光客，緊跟着導遊的三角旗排成一條繞了又繞的長龍，等着進紀念館，而前門的大柵欄徒步區，依然人擠人，惟有正陽門樓前的黃菊花有點兒秋意。

後來到陶然亭公園，園內那十幾棵高大的柳樹，長而茂密的柳葉，蓊蓊鬱鬱，亭多樹美，可惜池水混濁，腥臭難聞，更找不著秋的蹤影。又一天到圓明園，園內大片的荷花已殘，池水却清澈見底，魚兒在水草間穿梭；而池岸遍植的柳樹青青，風過處，柳條依依，可都捕捉不到秋的氣息。

黃昏回到兒子居住的社區，漫步在落日餘暉下，抬頭才注意到花廊上的紫藤不若往日青翠，石榴的葉子不知何時悄悄地變黃，花圃裏的玫瑰花色淡了，枝葉也漸枯萎了。原來，秋的腳步已近在身旁。

神秘的沙烏地阿拉伯王國

紅沙漠

沙烏地阿拉伯王國位於阿拉伯半島，占半島總面積四分之四，全境多沙漠，西部接紅海，東部濱臨近年常發生戰爭的波斯灣。沙國首都利雅德，地處內陸，夏季炎熱，冬季奇寒，早晚溫差大，雨量少，是典型的沙漠氣候。

紅沙漠距離利雅德僅半個多小時的車程，是遊客必到的地方。一般的沙漠大多黃沙滾滾，紅沙漠的沙並不是黃色的，而是紅棕色，沙質非常細，沙丘波紋起伏，時常隨風勢而變動。偶爾下一場雨，沙丘與沙丘之間的低窪地，會長出幾簇纖細的小草，這沙漠中的一抹綠，也就是死寂中的一點生命，叫人看了好生感動！

紅沙漠看日出，太陽紅沉沉的一點兒也不刺眼，反而美得醉人。午時在燦爛的陽光下，紅沙漠顯得異常瑰麗；然而，沙土傳熱速度很快，快到幾步之差，就可能燙傷腳底，這是它可怕的一面。

紅沙漠的範圍並不大，可是它奇特的色彩及景象，給人留下不可抹滅的印象。

古城巡禮

利雅德郊外有座古城，正在修葺，這是現在沙國王室紹德家族的老家。三百年前，紹德家族統領利雅德地區，後來這個地區被蕭曼族侵占，紹德家族被趕到鄰近的科威特去。一直到西元一九〇二年老王阿布杜拉．阿澤滋，率領數十個輕騎兵反攻，光復了利雅德，並把這個地方做為根據地，重新建立王國基業。當年攻城所擲出的第一支鐵矛頭，深深插入那一扇又厚又重的木城門，這一扇門現在還保存在博物館。

這座古城是土磚建造的，雖然早已成為廢墟，但是古老宏偉的城牆和廣大的建築群，仍然有跡可循。

走在古城的街道上，兩旁盡是斷垣殘壁，感覺是多麼荒涼啊！不過，殘壁間蔓生著一些不知名的矮小植物，開著粉紅、嫩黃和白色的小花，似乎告訴人，這片荒漠也是有情的天地。

一線天國家公園

一線天國家公園，位於沙國東部荷佛夫小鎮附近。一般的國家公園有原始森林、河流、野生動物等，這座國家公園遍地都是光禿禿的奇岩怪石，有的像人物，有的像動物；這都不稀奇，最奇的是兩旁排列的數十公尺高的岩柱，叫人目瞪口呆，何況還有深不可測的熔岩地洞呢！

由高聳的岩柱細縫走進洞裡，彷彿一腳跨入「阿里巴巴四十大盜」的神祕山洞，洞裡陰涼乾燥，地面軟軟的細沙，連一隻蟲兒也沒有。令人好奇的是洞內有洞，岔路很多，有的洞要低頭彎腰過去，有的洞巨石當前，要花一番力氣攀爬，狹窄的洞更要縮腹才能免強通過。而每個洞的洞頂，幾乎都有又長又細的裂縫透著天光，這是一線天名稱的由來。

據說，阿拉伯半島在上古時是海洋的一部分，後來地殼發生變動，而升出海面，這大片的熔岩地洞是海底遺跡。

鴿舍

阿拉伯人吃鴿肉嗎？不，他們只吃鴿蛋。

沙國的農田，形狀是圓的，像足球場，感覺很奇特，但是，更奇怪的是他們飼養鴿子的房舍，一座座高約三層樓圓筒形的土黃色建築物，外表像極了小城堡，未聽解說，不知是鴿舍，還以為是軍用碉堡。

台灣的鴿舍，大都用木板或鐵皮搭建，和閣樓沒兩樣，沙國因為不出產木材，如果用鐵皮來蓋，到了夏天，炎陽高照，氣溫常高達攝氏四、五十度，鴿子鐵定變成「烤乳鴿」，所以他們就地取材，用土磚堆砌、泥糊而成鴿舍。

鴿舍裡面由下往上，用泥土沿圓圓的牆壁，一層層分隔成一小格一小格的窩，可以說，每隻鴿子都有一個小小的土窩，鴿舍前還鋪了一個圓形廣場，每天定時施放飼料。想想沙國的鴿子，有吃有住，只要下蛋，不用擔心被人吃掉，實在很幸福。

童話中的森林

美國加州北部海岸，有一片四十哩寬、四百五十哩長的紅木森林公園。其中包括了美國印地安人稱為「精神之地」的神祕森林。

由入口處穿過樹洞，彷彿一步踏入奇幻的世界。小徑陰涼幽靜，四周都是參天古木，有棵樹橫長出十二棵小樹，人們稱它為「家庭樹」；有棵樹長出一排筆直整齊的小枝，形狀像極了蠟燭臺，最有意思的是同一樹根長了九棵大樹，自然圍成半圓形的屏風，常常有人在復活節到這裡作禮拜，或是舉行婚禮，是有名的「教堂樹」。

傳說，從前神秘森林裡住了一個巨人，他是超級的伐木工人，他喜歡和動物做朋友，因而發生許多有趣的故事。現在走在小徑上，不時會看到用紅木雕刻的灰熊、牛、鹿和松鼠，這些動物不但刻得栩栩如生，而且體積特別大，真像是到了巨人國呢！

這座紅木森林公園也是世界最大的紅木森林，這裡有世界最高的樹，也有樹齡兩千兩百年的神木，而數百年的老樹，更是比比皆是。在紅木森林中漫步，好像回到了古老的年代，這裡的樹，有的樹洞大到汽車可以穿過；有的樹洞深到可以開樹屋商店，大樹雖老，但是仍然生機蓬勃。

倒下的枯木大多任其腐爛，化為有機肥料，供其他幼木生長的營養，因此，紅木森林是自然繁殖而生生不息。

仔細觀察紅木的生態，你會發現根基的部分非常潮濕，但樹頂很乾燥，樹木的中段則乾溼平均。此外，你還會發覺樹頂的葉子長得尖細，那是為了減少蒸發水份；低矮樹枝的葉子比較寬大，是為便於吸收較多的陽光。自然界是多麼神奇奧妙有趣啊！

作客沙烏地阿拉伯王國。
左起：沙國友人、作者與夫婿。

有特色的溫哥華島

加拿大的溫哥華島，面積與台灣差不多大，島上大部分為森林所覆蓋，公路在山與海之間迂迴前進，山野中常出現孤獨的木屋，或三、五戶聚居的小村落，看起來單調又荒涼；可是，有兩個充滿了文化藝術氣息的小城，和一座美麗非凡的花園，叫人一見難忘。

壁畫和圖騰

倩美耐斯這個小城，從前沒沒無聞，民生凋零，當地人們為了繁榮地方，想辦法開拓財源，特別聘請當代有名的畫家，彩繪壁畫，發展出有特色的城市新面貌，果然慕名而來的觀光客，絡繹不絕。從此，這個小城便有「壁畫市」之稱。

這些大型的壁畫，都畫在建築物的外牆或圍牆上，畫作的大小，因牆面而異；由於主要街道的房屋都有彩繪，來到小城就好像走進室外展覽場。壁畫上的人、鳥獸、伐木工、火車、海洋、落日……，說明了人類由墾荒進步到文明，如同一頁頁圖文並茂的史詩。

倩美耐斯人口不多，也有公園綠地，公共設施完善，出人意外的是公廁非常乾淨。小城那條惟一的街道，每家商店前廊都垂掛著花色繽紛的盆栽，花下擺著舒適的露天咖啡座，觀光客來此，可以優閒自在的漫步街上賞畫，並享受溫暖的陽光和精美的茶點，過一個豐富的假日。

另一個小城是鄧肯市，距離倩美耐斯僅半小時車程。這個整潔、繁榮的小城，最大的特色是保留了印地安圖騰，而且利用圖騰來裝飾市容。

這些大小不一、各式各樣五顏六色的圖騰，雕繪著印地安保護神和吉祥物，散置在商店門前、街邊轉角、廣場，幾乎無所不在。一般商店的工作人員服務態度親切，賣的大多是與印第安有關的紀念品。

此地民風純樸又和善，例如過馬路時，汽車總讓人先走；想在街頭照相留影，就有路人自動上前幫你按快門，真是貼心又有人情味！

布查托花園

布查托花園在溫哥華島的南部，是加拿大有名的觀光景點。

這座集瀑布、噴泉、池塘、低窪花園、義大利花園、日本庭園……於一身的花園，最讓人津津樂道的是它原本是一座已經開採完了的舊石灰石礦坑，在礦坑主人布查托先生和夫人的智慧與巧思下，重新規劃整地，栽種世界各地的奇花異草，經過近百年的經營，才有今天的規模。

這座花園一年四季都有不同的變化。春天千萬朵花蕾開始復甦，五月百花齊放，空氣中充滿了春的氣息；夏天芬芳美麗的玫瑰園與百花爭艷，夜晚還有彩色燈飾和音樂會、舞台劇，把夏天點綴得美如仙境；秋來楓葉紅似火，芍藥的嬌美和高雅的秋菊，同時譜出一首醉人的旋律；冬季有粉紅色的石南和紅色的聖誕冬青果，給大地增添色彩。

這座花園除了培育平常難得一見的花卉外，也大量栽種一些容易生長的花草，像各品種的海棠、波斯菊、大理花、茶花等，以維持花團錦簇的景象。

最值得一提的是低漥花園，由高處看，低窪花園如同一張精美絕倫的彩色拼圖。這張拼圖有花床、小池塘、小石橋、常春藤和草地，巧妙的組合，遮住原來礦坑坑洞的醜陋面貌，特別能顯示出這座花園主人廢地再利用，化腐朽為神奇的巧思。

走過黑奴之家

「時光飛馳快樂青春轉眼過，老友盡去永離凡塵赴天國，四顧茫然…」走進美國維吉尼亞州一座煙草農場，我不禁低聲輕哼起「老黑爵」；走在一旁的么兒和媳婦，緊接著也唱起另一首歌：「環繞牧場四面八方，黑人悲歌響亮，鳥兒無知不解……」是的，不管走在一百多年前的農莊或牧場，總會想起福斯特那一首首曲調優美，卻也悲傷的歌曲，同時我的腦海裏，像走馬燈般的放映著：「亂世佳人」、「北與南」、「根」等等，那些與美國南北戰爭，或黑奴有關的電影、電視影集的片段。

放眼望去，腳下遼闊的草地，一直延伸到樹林邊緣，農場上的柵欄區分出幾個參觀點：布克・華盛頓紀念館、小木屋、豬圈…。這個早期種植煙草的農場，是美國最著名的黑人教育家布克・華盛頓的出生地，他生於公元一八五六年，母親是黑奴，父親是另一農場的白人，他從小生活在小茅屋中，與其他奴隸過的日子沒什麼兩樣（女性黑奴和白人所生的孩子仍具奴隸身份）。

童年時，布克・華盛頓揹著書包，陪主人的女兒到福蘭克林郡去上學，他常常站在教室窗外看人上課，心理又羨慕又嚮往。當時奴隸受教育是不合法的，因此，上學對他來說比登天還難。

公元一八六五年美國南北戰爭結束，公佈黑奴解放令之後，布克・華盛頓全家來到西維吉尼亞州，九歲的他在一個鹽礦場找到工作，他每天下班就去上學，過了幾年，他被一個有錢人家僱為僕人，主人看他喜愛讀書，便鼓勵他繼續求學。

十六歲時布克・華盛頓離開家人帶著簡單行李，走了將近五百英哩的路，到維吉尼亞州一所專門為黑人辦的新學校。他是個貧窮的學生，初來乍到，人地生疏，想找份工作談何容易。他在校園徬徨許久，正好校長看到辦公室外，有個風塵僕僕、衣衫襤褸的大男孩，一直在那兒走來走去，覺得有點奇怪，把他叫進來，問明原委，深深為他好學的精神所感動！

校長讓布克・華盛頓打掃校園，以工作折抵學費，他就這樣半工半讀到畢業，同時留校擔任教師，後來升任校長。布克・華盛頓除了認真辦教育外，還四處演講宣揚種族平等，並幫助黑人爭取自由提高社會地位，終身為黑人犧牲奉獻。

在記念館參觀過布克・華盛頓的生平事蹟。信步走到豬圈，圈內養了一隻碩大的肥豬，讓人連想到這裡曾有過豬仔成群的景象；木棚裏，堆放著刀鐮、鋤頭各式各樣的農具，以及打鐵用的火爐；數間簡陋粗糙的小小木屋，散置在農場幾個不起眼的角落，據說，那是給黑奴住的。

鑽出低矮的小木屋，抬頭看到一根長長的木頭，直立在草地上，木頭頂端掛著一只鐘，從前黑奴們在煙田辛苦工作，忽聞鐘聲噹噹噹地響起來，就知道吃飯的時間到了……。而今，鐘聲依舊，煙田早變為青青草地，黑奴也已走入歷史。

作者與夫婿攝於美國黑奴之家一角。

走出農場，我心中有無限的感慨，雖然，美國建國僅短短兩百多年，但，對歷史文物的維護，可真是鉅細靡遺呀！

古戰場巡禮

美國南北戰爭發生於一百多年前，許多可歌可泣的事跡，一直是寫作者筆下豐富的題材，更常被拍成膾炙人口的電影或電視影集。今年春末夏初，在兒媳的安排下到美東一遊，在我多次的旅遊經驗中，出國看的不外是名勝古蹟、歷史文物或享受溫泉美食。

可是，這趟美東之行，參觀的是一般旅行社很少去的美國南北戰爭的古戰場。說真格的，旅遊住汽車旅館，乘坐老舊大巴士，三餐還得自理，而空蕩蕩的戰場也沒啥好看，似乎無趣又無聊！然而，我卻發覺這是一趟知性之旅，讓我認真的去讀一讀美國歷史，想對這個國家有一番新的認識。

哈潑斯渡口

美國南北戰爭的主要衝突，是南北雙方對奴隸制度發生嚴重的歧見。當時坎薩斯州有位名叫約翰勃朗的廢奴主義者，於公元一八五九年十月十五日夜晚，帶領十八個志同道合的人，直攻維吉尼亞州哈潑斯渡口的聯邦火藥庫，奪取武器等待黑奴來參加他的叛亂。可是，他錯估了當時的環境，因為這個渡口的黑人太少了，約翰勃朗和他的伙伴們立時陷入絕境，次日即被俘，經過審判後，被州政府處以吊刑。

然而，約翰勃朗的正義，不僅得到北方的同情，便是南方的監獄官也深受感動；他的死為自己贏得烈士之名，更在推動反黑奴的聲浪中，引起極大的震撼和影響。

哈潑斯渡口位於波多馬克河與另一河流的交匯處，既有河川之利又有鐵路運輸，因此，人煙稠密，市面繁榮。時至今日，鐵道已廢棄不用，而且河水常氾濫，淹沒市區街道，居民生活不便，因此人口漸稀。走在昔日人車紛踏的路上，只有街邊幾間陳列館，展示南北戰爭時期的武器、軍用品和記錄影片，告訴人們這裏在歷史上曾經扮演過的角色。

牛奔河之役

一八六一年四月十二日南軍放第一槍，攻擊查爾士頓港外聖姆特堡壘的聯邦政府守軍，並迫使聯邦軍撤出聖姆特堡壘，於是，南北戰爭正式開始。七月二十一日，北軍在維吉尼亞州馬納薩斯被南軍襲擊，北軍敗退，潰不成軍。據說，聯邦政府徵兵，倉卒成軍，訓練的時間不夠，又毫無作戰經驗，就勇敢的走上戰場。雙方在牛奔河激戰，渡河搶灘、殲滅，鮮血染紅了河面，這一戰役稱為「牛奔河之役」。

那天下了遊覽車，沿著公路旁的小徑來到河邊，前面一座不太寬的鐵橋直直通到對岸，橋上無人，靜得只聽到風兒輕輕拂過林梢，鳥兒幾聲鳴唱，野花靜靜在河邊開放。我站在橋上眺望，河左岸坡度平緩，雜樹叢生；右岸山崖陡峭，地勢險要；俯瞰橋下，河水潺緩，水量豐沛。我不禁想，那戰死沙場的將士，已隨著悠悠河水流逝，人們的記憶，是否也在歲月的長河裏漸漸地模糊了？

蓋蒂茨堡

一八六三年七月一日，南方的李將軍，試圖將戰事轉移到北方領土，並為攻陷華盛頓府作鋪路，舉兵入侵賓州，南軍奮勇作戰想一舉突破聯邦軍的防線，但，北軍一支強大的部隊，阻止了南軍的前進，李將軍在慘敗後，只好退守到波多馬克河去。兩軍三天的血戰，殺聲震天，血肉橫飛，傷亡多達四萬人，此一戰役被認為是南北戰爭的轉捩點。

同年十一月十九日蓋蒂茨堡的國家墓園正式開幕，林肯總統在此發表短短不到兩分鐘卻流傳千古的演說。現在這個著名的古戰場，花木扶疏，綠草如茵，立紀念碑、建展示館，美麗如公園，到此參觀憑弔的遊客特別多呢！

戰爭結束

一八六五年四月九日，李將軍率領南軍退守維吉尼亞州的阿玻瑪托克斯，又被北軍包圍，李將軍見大勢已去，終於和北軍統帥格蘭特將軍談判、簽約，正式向聯邦軍投降。這場因解放黑奴及保全美國聯邦完整的戰爭，不顧兄弟之邦、不顧宗教信仰相同而奮戰不已，最後還是要走上談判桌，讓人有「早知今日，何必當初」的感嘆！

南北戰爭的名將-李將軍，雖然戰敗，但，他的領導能力和在戰爭中所展現的人性光輝，仍然受到全國的尊敬，尤其是戰後，他致力於南方的重建工作、緩和地方的情緒。

林肯總統在四年漫長的戰爭中，從不曾對南方的叛軍和人民說過任何刺激的話，他所關心的是如何把這個分裂的國家，用心而不是用武力團結起來。戰爭結束後，北方的聯邦政府以回歸、和平、寬容的態度對待南軍，而不是用仇視和報復，這可能是美國建國短短兩百多年，卻能迅速成為富強國家的主要原因。

棉堡與卡帕多奇亞

您到土耳其如果想泡泡溫泉，那就到棉堡去。

有「棉堡」之稱的巴穆卡麗，本是一大片石灰岩丘陵，地下溫泉水源豐沛，泉水不斷由地底湧出，沿著丘陵流下來，水中的白石灰質，不知流經多少漫長的歲月，逐漸侵蝕、沉澱、堆積，形成層層疊疊的雪白梯田。那一窪窪的梯田，遠遠望去，好像是一朵一朵特大雪白的棉花球，在陽光斜照下泛著藍色的光影，有一種夢幻的感覺和美麗。

棉堡曾是十一世紀時的古老都城，那時土耳其人在打敗羅馬軍隊之後，在此建立宮殿和寺院，與羅馬時代的宏偉建築並立，繁榮興盛於一時。曾幾何時，宮殿傾圮，列柱倒塌，只遺留下千年的石棺、拱門、巨石，散置在路旁供後人憑弔！

如今的棉堡是休閒渡假的勝地，除了能欣賞梯田的壯麗景觀外，這裏的溫泉，水質清澈，熱氣騰騰，可以治病、消除疲勞。因此，各地的觀光客，趨之若鶩。

棉堡周圍建有旅館、浴場和茶座。這些大大小小、高高低低、彎彎曲曲的溫泉水池，飄著如煙嵐般的霧氣，有人坐在池畔邊淺啜咖啡邊和友人聊天；有人微閉著眼靜靜享受泡湯之樂；

而喜歡到大池游泳的人，則穿梭在池裏古羅馬倒塌的宮墻、石柱之間，今人與古物共一池，是此地泡湯感覺最特別的地方。

位於土耳其中部高原的卡帕多奇亞，那一望無際的奇岩怪柱，在朗朗晴空下宛如魔幻奇境，這是大自然的傑作，被聯合國列為世界遺產。遊覽車迂迴在海拔一千公尺左右的高原上，車窗外，舉目皆是如錐如筍的石灰岩峰，那是數百萬年前火山爆發，熔岩冷卻後，風化侵蝕，形成高矮不等，形狀各異的岩柱。

這方圓約四十平方公里的奇岩怪柱，呈淺褐、降紅、粉白的色澤，有的峰頂像香菇頭；有的斜斜如屋頂，下面還開了一個個窗洞；有的像母子、駱駝…。最有趣的是許多形狀相同的岩柱聚集在一塊兒，因而有鴿子村、蘑菇村、精靈的煙囪等等的稱呼。

卡帕多奇亞在西元十八年是羅馬帝國的一省，當時受迫害的基督徒跑到這裏躲藏，還有隱士和僧侶也選擇僻靜的洞穴來修道，這就有修道院了。西元七世紀阿拉伯人入侵，伊斯蘭教崛起，基督徒再度湧入卡帕多奇亞避難，他們不僅挖空岩山建教堂，更把岩山挖成地道縱橫交錯、複雜如迷宮的地下城。雖然，這大片的岩洞歷經一千多年的歲月，但，依然保存完好。

那天我們到歌樂美露天博物館，聽導遊說，這裡是教堂和修道院集中的地區，光步行即可參觀七、八座古老的岩洞教堂。我們由明亮空曠之處，跨入蘋果教堂小小的洞口，眼前一黑差點絆倒，我急忙打開隨身的小手電筒，才看清地面凹凸不平。導遊在前拿大手電筒照著教堂內部墻上、洞頂的壁畫，邊講解邊提醒我們注意腳下，以免發生意外。接著參觀洞穴狹長的蛇形教堂，只靠小窗透點兒光的黑暗教堂，以及巴吉爾教堂、修道院……。這些教堂規模不大，壁畫筆觸古樸率真，畫上的人物、故事多與聖經有關，由於洞穴內不怕風吹雨打日曬，至今色澤依舊鮮明。

參觀過歌樂美露天博物館，我們又到那密如蜂巢的凱馬克利地下城。這座地下城有八層，現在只開放到五、六層，據說石灰岩並不堅硬，用指甲摳，就能摳出一些粉屑來。因此，住在裏面用簡單的工具，就能輕易把洞穴挖大挖深。

地下城的結構非常精密巧妙，深入各層的空氣井，有如現代的中央系統空調，走在裏面一點兒也不覺悶熱，反而有絲絲涼風拂面。通道因地形而寬窄不一，空間的用途依需要來區分，有臥室、廚房、儲藏室、蓄水池、羊舍馬槽，甚至連葡萄酒的酒槽都有呢！即使敵人來襲，也早已備好陷阱、石塊、棍棒等防禦機關。所以，在地下城迷路是很恐怖的，好在現在的遊客，只要依照岩壁上箭頭指示的方向，就可以安全的走出洞口。

由曲折複雜的地下城出來，深吸一口洞穴外的新鮮空氣，放眼萬里無雲的藍天下，參差不齊的岩山，我不禁想，基督徒能夠在這荒涼貧瘠的高原生存下來，應是憑藉宗教信仰的力量，以及人類與生俱來的堅強韌性吧！

不老的古城——伊斯坦堡

來到伊斯坦堡，不能不介紹它的特殊地理位置和歷史。由地圖上看，土耳其大部份領土在亞洲，只一小塊地在歐洲東南方的邊上，這塊小小的陸地是伊斯坦堡的歐洲區，跨過博斯普魯斯海峽便是亞洲區，這座擁有一千二百萬人口的大城 市，橫跨歐亞兩洲又夾在黑海與地中海之間，自古便是兵家必爭之地。

早在西元前七世紀，就有希臘人來此殖民建立城市，接著是波斯帝國的勢力也延伸進來，而大流士西進，年輕的亞歷山大帝東征，都在奪得此城後以此為跳板。西元三百三十年，羅馬帝國君士坦丁大帝為了便於統治東方，將帝國重心東移遷都於此，把原來的拜占庭改名為君士坦丁堡。

當時的君士坦丁堡仿造羅馬古城，精心規劃，建築城牆和堡壘成為歐洲第一大城，後來羅馬帝國分裂，君士坦丁堡更成為東羅馬帝國的政治中心，繁盛於一時。往後塞爾柱土耳其人崛起，基督教與回教勢力的拔河，蒙古人入侵，東羅馬帝國國勢日衰，最後，鄂圖曼土耳其人消滅了東羅馬帝國，君士坦丁堡後來改名為伊斯坦堡。

從遠古到近代，在歷代帝王你來我往之際，伊斯坦堡被塗抹上一層又一層不同的文化色彩，這色彩不管是精雕細琢，還是大筆揮灑，無不讓人驚艷和讚嘆！

聽從導遊的建議入境隨俗，旅遊團的女性團員頭上披著素色紗巾，脫鞋進入阿夫美特寺院；這所擁有著名的六座拜塔，及中央大圓頂的回教寺院，又稱為藍色清真寺。它宏偉的圓頂建築，精美華麗的鑲嵌圖案，美不勝收，尤其是牆壁和屋頂以藍色為主調，配上細小的綠瓷，光線從二百多扇彩色玻璃照射進來，寺內充滿閃耀眩目的藍光，回教徒認為那是宇宙之光，往往感動得跪地膜拜呢！

有意思的是藍寺隔個廣場，正對面有座建於西元四世紀的聖蘇菲亞大教堂，它雖不如藍寺的華麗，但在歷史漫長的歲月裏，卻曾遭受戰火與地震的摧殘，修修補補過了數百年，到鄂圖曼土耳其人佔領伊斯坦堡，蘇丹王下令，用布幔遮蓋了教堂內的聖像和基督教有關的壁飾，同時改聖蘇菲亞教堂為回教寺院，直到近代才改成博物館。

除了欣賞藍色清真寺與聖蘇菲亞大教堂的建築之美外，說到文物的富麗和豐碩，莫過於托普卡珀宮殿博物館。它原是鄂圖曼帝國蘇丹的皇宮，位於博斯普魯斯海峽與金角河之間的高地，視野極佳，宮苑遼闊，四周古木參天。予人印象最深刻的是館內珍藏有數量相當豐富的中國瓷器，青花淡釉，杯盤碗罈質地精緻；珠寶室展出的都是價值連城的大顆珠寶，像晶瑩剔透燦爛奪目的祖母綠、翡翠、紅藍寶石、黃金，看得人目瞪口呆，流連忘返；而從前後宮佳麗的住所，各以粉紅、淡藍、淺綠的小塊瓷片，鑲嵌出不同的圖案，置身於這樣美麗又浪漫的房間，叫人久久不忍離去！

由博物館出來又匆匆轉入地下去，參觀建於羅馬帝國時期的地下蓄水池。走在蓄水池的木棧道上，清風徐徐，柔和的燈光照在清澈的水池裏，一道道半圓形屋頂，連接著一根根美麗的圓石柱（有三百三十六根之多）的倒影，似假還真，論那氣派，說它是蓄水池，不如說它更像是沉沒於水中的宮殿或教堂，似乎更貼切。走到最後一根石柱，我無意中看見基石上雕了個蛇髮女妖的頭，據導遊說，那是希臘神話裏兇惡的女妖，只要被牠看一眼立刻變成石頭，雕牠的像，應該是以惡制惡，鎮邪用的吧。

離開伊斯坦堡前，導遊給我們兩小時去逛傳統大市集。這座擁有四千個小商店的大棚市集建於十六世紀，裏面人聲沸騰，巷道四通八達，導遊擔心團友迷路，要我們牢記第一個門牌號碼，並認清出口對面的清真寺為地標。其實，帶團逛這麼大的市集，團友們固然可以快樂地採購，導遊的壓力卻很大。

市集裏的貨物琳瑯滿目，金飾、銅器、地毯、手工藝品……應有盡有，看得人眼花撩亂，或許是信仰的因素，店家大多是男性，他們態度親切，善於討價還價，很像阿拉伯商人。我買了幾盒無花果乾和絲巾便循原路出來，果然，導遊已在清真寺前神情緊張地東張西望，直到團友全部歸隊，他才鬆了一口氣。

參觀過寺院、博物館、地下蓄水池，也逛了市集，最後我們來到海邊一家餐廳用晚餐，坐在餐廳面海的座位上，目送兩旁連綿數十公里長的古城牆、山頭古堡、數不完的尖塔，都在落日餘暉中，留下帝國的殘影。

初識土耳其

土耳其大部份的領土都在亞洲，僅面積約佔3%的肥沃土地位於歐洲的東隅，因此可說橫跨歐、亞兩大洲，是東西方政治、經濟和文化交流的地帶，也是侵略者和移民的通道。從上古時代的西台希臘人到羅馬塞爾柱土耳其人，都曾先後在這塊土地建立帝國，後來被鄂圖曼帝國所取代，而現代的土耳其則誕生於第一次世界大戰的戰火之中，正努力的走向現代化和民主化。

由雅典搭乘希臘國內班機到愛琴海中的莎默斯島，再轉渡輪去土耳其。莎默斯島石頭多，農地少，土地貧瘠，卻有許多橄欖樹；漫山遍野的橄欖樹，蓊蓊鬱鬱，蔚成一片美麗的小島風光。導遊說，這裡是古希臘文學家伊索的出生地。

我聽了，頓時忘了旅途勞累，睜大眼睛緊盯著島上的荒廢石屋、半垛殘壁…妄想尋覓古文學家的足跡，這樣想著想著，船就到了土耳其的濱海渡假小鎮庫沙達西。

第二天清早，坐遊覽車直奔瑪利亞小屋。未到土耳其之前，我以為這個國家是蒙著神秘面紗的回教國家，參觀的名勝古蹟定然與回教有關，那知道，第一站就來到基督教和天主教的聖地。門前一棵枝葉茂盛高大的老樹，一棟磚石砌造的小屋掩映在濃蔭裏，傳說這小屋是聖母瑪利亞晚年居住之所。我在屋外四周看看；那附近的樹林，那林中幾戶人家，這兒離市區稍遠，想必兩千年前更是荒涼偏僻吧！

走入小屋內，幽幽暗暗，搖曳的燭光下，聖母瑪利亞的神像更顯得聖潔和慈祥。穿黑袍的修道士，有的靜靜地走進走出，有的跪在聖母像前喃喃禱告，朝聖者一個挨著一個靜默無聲繞室而行，最後再魚貫走出邊門。

到過瑪利亞小屋感覺好像得到聖母的祝福似的，一路順利平安的抵達被列為世界遺產之一的艾菲索斯。這座城市是兩千多年前羅馬帝國亞細亞的首都，也是著名的聖經古城——以弗所。

那古代的市集、劇場、神殿、圖書館，保留完整的城邦遺址，可看出羅馬時期都市規劃相當完善。就以貴族使用的廁所來說，那時的廁所宛如現代坐式的便器；一排密封的石板基座，切割出數個與屁股般大小的圓洞，人坐其上長袍放下，一邊如廁一邊還可以和鄰座的人聊天；基座下是深溝，流水不停地沖洗，既看不到糞便也不聞其臭，貴族上廁所倒像是一種生活享受呢！

在石塊鋪設的古城大道上漫步，觀看殘缺的雕像、廊柱、石牆，想一想古代人怎麼生活。我發現斷垣殘壁中長了不少無花果樹，這些無花果樹可能古代便已存在，繁衍迄今，仍生生不息。想到這一點，心中好生感動！走走停停，我又發現街邊地上的石塊上有個腳印，那深深雕刻的痕跡，纖細的腳趾頭，一眼即可看出是女性的腳丫子，「奇怪，地上為什麼刻個腳印？」我一嚷叫，團友都圍過來。

走在前面的導遊聽到我的聲音，回轉身解釋：「這是女人的腳，你們看腳印上面刻了一支箭頭，旁邊有個美女，意思是告訴想要尋花問柳的男人，順著箭頭所指的方向走去，就可以找到妓院。」

「這好像是打廣告嘛！」

「不錯，這是古代打廣告的方式。」

「太有巧思了，這也證明娼妓這個原始的行業自古就已存在。」團友們熱烈地討論著。

而我，在古城遺址小小的發現，不但豐富了見聞，也增添了旅遊的樂趣。

作者攝於土耳其卡帕多奇亞地下城。

埃及行

尼羅河與開羅

離開開羅機場，上了遊覽車，當地女導遊奴拉首先介紹給觀光客的，不是頂頂有名的埃及金字塔，而是源遠流長的尼羅河。奴拉閃著明亮的大眼睛，用充滿感情的聲音說：「尼羅河是我們埃及的母親河，沒有這條河就沒有埃及人。」

可不是，埃及國土大都為撒哈拉沙漠所盤據，尼羅河是世界第一長河，流經盧安達，烏干達，衣索匹亞，蘇丹，它的上、下游從南到北縱貫埃及全境，其精華區在下游三角洲和尼羅河谷的綠色地帶。世界上許多河流常氾濫成災，尼羅河則得天獨厚，它氾濫時不但不成災，還有利於灌溉，更因為定時氾濫，人們可以早作預防和控制。因此每當尼羅河氾濫過後，給沙漠增添一層肥沃的泥土，這樣年復一年，給埃及帶來富裕繁榮和強盛的國力，也創造了燦爛輝煌的古文明。

古老的尼羅河，浩浩蕩蕩綿延千里，自遠古神秘的法老王朝直流到現代，古國的傾圮，帝國的紛爭，盡付於滔滔流水！

開羅是埃及首都，也是非洲第一大城，尼羅河將開羅分割為二，河以東是舊城區，以西是新市區。舊城街道彎曲狹窄，老舊的阿拉伯式建築物高矮雜陳，環境髒亂，乞丐較多。開羅是回教世界的中心，寺院的尖塔處處可見，宗教氣氛濃厚，回教信仰控制了一般市民的生活，每天五次禱告的時間一到，市區拜樓的擴音器就發出悠揚的呼聲，人們便放下手邊的工作，立刻湧進附近的寺院內膜拜，整個城市頓時變沉寂了。

那天到機場等候班機，我上洗手間的當兒，看到幾個穿黑袍的婦女，在水龍頭底下忙著洗淨手腳；出來又遇到幾位穿白袍的男士，抱著小塊地毯。這兩組人馬匆匆分別走入房間，鋪上地毯，面朝麥加的方向，就地頂禮膜拜，他們對宗教的虔誠與狂熱，令我這個東方女子看得霧煞煞。

聽奴拉說，最早到新市區的人是開羅一位富豪，這位富豪到河西的荒漠蓋了一棟大別墅住下來，以後開羅的有錢人都喜歡到這個區來蓋房子，因而漸漸形成新市區。新市區可以說是富人區，街道規劃整齊，公共設施完善，公路四通八達，外型美觀的高樓大廈比比皆是，商店林立，連現任的埃及總統都住在這個區內。

我們住的飯店位於尼羅河中的小島上，是座二十幾層樓的圓柱型建築物，由於樓高視野特佳。我喜歡依著欄杆俯瞰腳下尼羅河悠悠流水，水上現代的遊艇，古代的帆船，來來往往；我也喜歡搬張椅子坐在陽台上，靜靜地等待太陽從開羅塔後出來，或看著夕陽緩緩落入遠方的尼羅河裏；我還喜歡遠眺城外延綿起伏的沙漠，試想聆聽駱駝的鈴聲，或索性走下樓坐到河畔的茶座上，叫杯咖啡閒閒地與河面清風對話，讓自己溶入古雅的情懷裏。

在開羅市區的尼羅河兩岸，停滿了遊艇和帆船。每當華燈初上，船上的霓紅燈全亮起，浩蕩的河水映著五光十色的燈光，宛如星光閃爍的銀河，吸引著世界各地來的遊客。有的在遊船上邊用晚餐邊欣賞歌舞，有的在甲板上聽著音樂和友人翩翩起舞，有的啜著咖啡看夜景、論古今……，這是尼羅河之夜，也是開羅夜生活的一種吧！

古城一瞥

曼菲斯位於尼羅河西岸，距開羅僅二十五公里，在古王國時代是首都，到了中古王國末期，遷都到南方的底比斯（路克索），經過四千多年漫長的歲月，早已繁華落盡，變成一個樸實的農村了。

走入古城曼菲斯，我們的遊覽車不時要避開駱駝隊，或讓咩咩叫的羊群先行，公路兩旁的農田漸漸多了起來，三、五農人低頭彎腰在田裏工作，也許是置身於沙漠地帶，看到綠油油的小麥、棉花、蔬菜、瓜果田，感到特別親切可愛。這裡的椰棗樹一大片一大片，如同森林般的農密茂盛；家家戶戶的前庭後院都要種上幾棵。看到結實累累的椰棗，讓人連想到這流奶流蜜之地，是否也曾是上帝應許之地？

路上有穿著白袍的男孩，手牽著小毛驢沿路叫賣草料；騎腳踏車的小販頭頂著一個大木架，架上的大餅堆得像金字塔似的；幾所學習手工編織的地毯學校，掩映在鳳凰樹下的濃蔭裏；路邊有些蓋了一半的房子，沒錢便停工，等有錢時再繼續蓋，而全家人就住在那半間屋裏；還有小運河上停靠的扁舟……這都是古城現有的風情。

曼菲斯有一座小型的博物館，在博物館的庭院中，散置一些毀損了的雕像、圓柱和基石，難得的是有座完整無缺蠟石雕的人面獅身像。尤其是館內那尊拉姆瑟斯二世的巨大雕像，是用整塊花崗石所雕成，像貌俊美，神態威武，可惜手腳有部分殘缺，不過，由這些精美的雕像，仍可以窺視古城昔日的繁榮興盛。

古蹟巡禮

埃及行，讓我驚嘆和佩服古埃及人超高的智慧與技術。埃及金字塔大多建於距今四千六百多年前的古王國時代，那時的王都在今日開羅以南的曼菲斯，古埃及人認為尼羅河東岸是生者住的地方，西岸是死者安息之所，法老王們便在曼菲斯的尼羅河西岸建造他們的陵墓。

薩卡拉階梯式金字塔是埃及第一座金字塔，它頂高五十九公尺，共有六層階梯，層層堆砌，遠觀坡度和緩，讓人有一種錯覺，誤以為一口氣可以爬上塔頂哩！這座金字塔是用石灰岩建造的，它周圍的城牆，如今只有部分城壁和神殿的遺跡了。雖然，薩卡拉階梯式金字塔是埃及最古老的金字塔，但，比起基沙的古夫金字塔要矮上一截。

埃及境內共有大大小小的金字塔八十多座，其中以古夫金字塔最大，它的四面底邊各有二百二十公尺，高度一百三十七公尺，被列為世界七大奇觀的首位。現在遊客可以進入金字塔內參觀，只可惜數千年來盜墓者已將墓內的石棺破壞，古物劫掠一空，而墓道和墓室，不但燠熱難當，還有異味，令人有窒息之感。古夫旁邊有曼卡里與哈福瑞，人們並稱這大、中、小三座金字塔為祖孫三代金字塔，連販賣紀念品也是三塔一組呢！

古夫金字塔外的獅身人面像，是用一塊巨大的岩石所雕成，被認為是國王陵墓的守護神。顏面殘缺的部分，傳說是被拿破崙的士兵練習射擊造成的，也可能是自然風化所致，不過，仍不損其宏偉的氣勢。

埃及南部的路克索（底比斯）是中古王國與帝國時代的首都，在歷代法老王的經營下，富庶繁榮，國勢鼎盛，神廟宮殿、雕像石碑林立，是當時世人最嚮往的地方。然而，西元前二十七年發生大地震，把這座名城長埋於碎石黃沙底下一千八百多年，直到十七世紀拿破崙遠征埃及，路克索才重現人間。

在所挖掘出來的建築物中，有座加納克神廟，是由許多個神殿、獻禮廳、多柱堂所構成，光是大小不一的石雕像就八萬多尊，是埃及境內最古老、規模最大的神廟遺跡。神廟的美，是那一根根上面刻滿圖案、數人才能合抱的圓型石柱，以石柱為廊撐起整棟建築物，現今廊柱的屋頂已崩塌，而石柱依舊筆直美麗。我在神廟中走來走去，走累了就坐在石柱的陰影下歇歇腳，偶見人影在石柱與石柱之間晃動，一時眼花，還以為是古埃及人呢！

另外在路克索市中心還有一座路克索神廟，廟前拉姆瑟斯二世的高大石像、聳立的方尖碑、以及七對巨大的柱廊最為壯觀。廟內聖池前的空地上，一個半人多高的台座上面有隻大甲蟲的雕像，據說好萊塢的神鬼片，曾以這隻二千多年前的甲蟲雕像為藍本，利用電腦合成技術拍出效果逼真的電影。

自古埃及法老王遷都到路克索之後，因為金字塔經常被盜墓者侵入，便不再建金字塔了，改派人深入尼羅河西岸砂礫覆蓋的山谷，建造陵寢並設置陷阱，甚至把造墓工人全殺死，以防秘密外洩，但仍然無法防範盜墓。現在發現的法老王陵寢多達六十餘座，後人稱為帝王谷。

十月的帝王谷，日正當中，氣溫高達攝氏四十一度，人在寸草不生的山谷中行走，彷彿會被曬成人乾。一張門票可參觀三座陵寢，每一座陵寢都有一條長長的通道通往墓室，陪葬品早被盜走，只有通道兩旁和墓室牆壁上的彩色浮雕，透露數千年前人類的思想與生活的訊息。此外，埃及歷史上唯一的女性法老王哈特薛普斯的陵寢，也建在帝王谷一座沙山上，女王大殿有三層大陽台突出於山壁之中，氣勢恢宏，當年好萊塢拍攝電影「埃及艷后」一片，便是以此為背景。

回程經過附近的小村莊，看到不少房屋有大片的壁畫，導遊奴拉說，這村莊的人最大的願望，就是一生中至少要到麥加朝聖一次。去過的人會把朝聖的見聞畫在自己房子的外牆上，引以為傲；一來表示對宗教的虔誠，二來等於告訴左鄰右舍和親朋好友，自己有經濟能力去麥加朝聖是個有錢人了。

這一點，令台灣的遊客很羨慕，因為，敢這樣明目張膽誇耀自己有錢，當地的治安一定OK啦！

作者攝於埃及獅身人面像旁。

釀文學139　PG0963

跳躍的音符
──郭心雲散文集

作　　者　郭心雲
責任編輯　王奕文
圖文排版　張慧雯
封面設計　秦禎翊

出版策劃　釀出版
製作發行　秀威資訊科技股份有限公司
114 臺北市內湖區瑞光路76巷65號1樓
電話：+886-2-2796-3638　傳真：+886-2-2796-1377
服務信箱：service@showwe.com.tw
http://www.showwe.com.tw
郵政劃撥　19563868　戶名：秀威資訊科技股份有限公司
展售門市　國家書店【松江門市】
104 臺北市中山區松江路209號1樓
電話：+886-2-2518-0207　傳真：+886-2-2518-0778
網路訂購　秀威網路書店：http://www.bodbooks.com.tw
國家網路書店：http://www.govbooks.com.tw
法律顧問　毛國樑　律師
總 經 銷　聯合發行股份有限公司
231新北市新店區寶橋路235巷6弄6號4F
電話：+886-2-2917-8022　傳真：+886-2-2915-6275

出版日期　2013年5月　BOD一版
定　　價　250元

Printed in Taiwan

國家圖書館出版品預行編目

跳躍的音符 : 郭心雲散文集 / 郭心雲著. -- 初版. -- 臺北市 : 釀出版, 2013.05

面 ;　公分

ISBN 978-986-5871-30-7 (平裝)

855　　102004225

讀者回函卡

感謝您購買本書，為提升服務品質，請填妥以下資料，將讀者回函卡直接寄回或傳真本公司，收到您的寶貴意見後，我們會收藏記錄及檢討，謝謝！

如您需要了解本公司最新出版書目、購書優惠或企劃活動，歡迎您上網查詢或下載相關資料：http:// www.showwe.com.tw

您購買的書名：________________________________

出生日期：________年________月________日

學歷：□高中（含）以下　□大專　□研究所（含）以上

職業：□製造業　□金融業　□資訊業　□軍警　□傳播業　□自由業

□服務業　□公務員　□教職　□學生　□家管　□其它_____

購書地點：□網路書店　□實體書店　□書展　□郵購　□贈閱　□其他

您從何得知本書的消息？

□網路書店　□實體書店　□網路搜尋　□電子報　□書訊　□雜誌

□傳播媒體　□親友推薦　□網站推薦　□部落格　□其他__________

您對本書的評價：（請填代號　1.非常滿意　2.滿意　3.尚可　4.再改進）

封面設計____　版面編排____　內容____　文／譯筆____　價格____

讀完書後您覺得：

□很有收穫　□有收穫　□收穫不多　□沒收穫

對我們的建議：________________________________

____

____

____

請貼
郵票

11466
台北市內湖區瑞光路 76 巷 65 號 1 樓
秀威資訊科技股份有限公司 收
BOD 數位出版事業部

……………………………………………………………………………………

（請沿線對折寄回，謝謝！）

姓　　名：＿＿＿＿＿＿＿＿ 年齡：＿＿＿＿ 性別：□女 □男

郵遞區號：□□□□□

地　　址：＿＿＿＿＿＿＿＿＿＿＿＿＿＿＿＿＿＿＿＿

聯絡電話：(日)＿＿＿＿＿＿＿＿＿ (夜)＿＿＿＿＿＿＿＿＿

E-mail：＿＿＿＿＿＿＿＿＿＿＿＿＿＿＿＿＿＿＿＿